Entre el papel y la piel

Martina González
@martiinag

nr

Diseño de interior: María Pitironte
Recursos de interior: María Pitironte, a partir de los originales de Shutterstock

Ediciones Martínez Roca, sello editorial de Editorial Planeta, S. A.
Av. Diagonal, 662-664, 08034, Barcelona (España)
www.mrediciones.es
www.planetadelibros.com

Primera edición: enero de 2024

Depósito legal: B. 21.822-2023
ISBN: 978-84-270-5200-0
Preimpresión: Safekat, S. L.
Impresión y encuadernación: Huertas, S. A.
Printed in Spain - Impreso en España

PEFC Certificado
Este libro procede de bosques gestionados de forma sostenible
PEFC
PEFC/14-38-00305
www.pefc.es

Índice

INTRODUCCIÓN

Encuéntrate

Escribir siempre ha sido un refugio para mí. Tengo una conexión especial con lo que escribo, como si volcar mis emociones en versos fuera una especie de terapia. Una parte de mi discurso interno, es decir, de cómo me hablo a mí misma, ha quedado siempre grabada en mis diarios y recuerdo con cariño el primero que escribí. Lo llené de sueños, de deseos, de sentimientos y emociones. Claro está, no tiene nada que ver con mis últimos diarios.

En estos años de mi vida, he tenido la oportunidad de aprender, sentir y vivir cosas que jamás me hubiera planteado. Esto ha ido marcando mucho las etapas de mi crecimiento y ha construido la persona que soy hoy. Mis tatuajes son un mapa de mi historia que cuenta delicadamente momentos, personas o principios que han calado en mi interior. Un mapa que me he permitido trazar con tal de recordar siempre cuándo y cómo. La ruta que siempre seguiré para encontrarme, para conocerme, para recordar quién soy. Hay momentos tan importantes y bonitos que son dignos de plasmar, sea como sea. De ahí la importancia de la tinta, que en el papel o en la piel nos permite retratar y grabar todo aquello que nos hace sentir, que nos emociona, que nos marca.

¿Cuándo fue la última vez que escribiste en un diario? La última vez que te diste el lujo de tomarte un momento para ti, para reflexionar, para sentir. En este libro encontrarás un espacio seguro, libre de miedos, libre de prejuicios, libre de todo lo que nos impide ser. Un espacio para que escribas, reflexiones, te diviertas, expreses y sientas. Uno de mis principales objetivos era entregaros una parte de mí, algo que pudierais llevar con vosotros siempre. Y aquí está. Espero que mis aprendizajes y mis palabras os lleguen tan dentro que no os dejen jamás. Que el arte de escribir pase a formar parte de vosotros y de vuestra rutina. Que entréis en mi piel a través del papel. Gracias por formar parte de quién soy, esto es para vosotros. Y un poco para mí, también.

CAPÍTULO 1

♈

ARIES

¿QUIÉN SOY? Nos haremos esta pregunta tantas veces sin encontrar una respuesta definitiva... y es que la **identidad** depende de muchísimas cosas: nuestras vivencias (tanto positivas como negativas), nuestra cultura, la sociedad en la que vivimos, nuestros lazos familiares, nuestras relaciones cercanas, nuestros valores... Se trata de un conjunto de muchos bloques distintos. En definitiva, **la identidad es un proceso de constante cambio y evolución que nos hace únicos.** Su búsqueda y comprensión es un viaje continuo que nos empuja a explorar quién somos y a aceptarnos con todas nuestras complejidades. Te invito a viajar conmigo a través de mi experiencia, mis vivencias, mi historia. Espero que encuentres un poco de ti en todos los puntos en que yo me encontré. Empecemos con el primero, mi signo del zodíaco.

La primera vez que me preguntaron por los **signos del zodíaco** ni siquiera sabía cuál era el mío. Supongo que no es común conservar un recuerdo de una primera vez así, pero yo lo tengo. Recuerdo buscarlo emocionada y tener una sensación agridulce al descubrir ***Aries.*** Por un lado, que el animal que me representaba fuera un carnero no era la mejor noticia, desde luego. Si por mí fuera, habría elegido algún animal como los peces de Piscis o el león de Leo. Sin embargo, la palabra liderazgo despertó mi curiosidad.

No soy alguien que habitualmente lea el horóscopo o se lo tome siempre al pie de la letra, al contrario, suelo hacer **una interpretación bastante personal de lo que representa mi**

signo. Aun así, siento una conexión fuerte con la idea que mezcla esos trazos del horóscopo y de mi propia cosecha. Algunas de las personas más importantes de mi vida son muy compatibles con mi signo, a veces incluso compartimos el mismo, y nunca he creído que fuera casualidad. Me gusta pensar que hay un poco de destino en esa aleatoriedad que nos deja a todos en el mundo un día cualquiera.

Esa es la razón por la que me tatué mi signo, lo he sentido siempre parte de mi personalidad. La independencia, el liderazgo, la impulsividad... son rasgos que han marcado mis pasos y las decisiones de mi vida. También han marcado mis relaciones, mis aciertos y mis errores. No podía haber una forma más acertada de dejar en mi piel una pequeña parte de mi identidad. Quién soy y qué me define

(aunque todavía me quede mucho por descubrir).

Te propongo

que escribas
sobre ti antes de adentrarte en este libro
LLENO DE REFLEXIÓN.

Cuéntate quién eres, quién fuiste, quién quieres ser. Cuestiónate lo que te representa, lo que no. Y si no sabes responder a esta pregunta explícate por qué. Sé honesto contigo mismo y tómate tu tiempo. Haz de esta página un sitio al que puedas volver siempre que te pierdas.

QUIÉN FUISTE

QUIÉN ERES

QUIÉN QUIERES SER

Mira hacia dentro

En cada uno de nosotros **hay algo único que nos hace especiales,** que nos diferencia de los demás. Para mí, la identidad es como presentamos ese «algo», la imagen que tenemos de nosotros mismos y cómo nos percibimos y mostramos. Sin embargo, la identidad no es algo fijo y estático, sino que evoluciona con el tiempo y las experiencias que vivimos. Por eso es tan importante dedicar tiempo a la **reflexión y a la introspección,** para conocernos mejor y reforzarla.

EL PRIMER PASO PARA ENCONTRAR TU IDENTIDAD ES RECONOCER QUE NUNCA VAS A DEJAR DE BUSCARLA.

Estamos en constante evolución y afrontando cambios, por lo que nuestra identidad nunca se va a mantener en el mismo punto. Fortalecerla también implica aceptarnos tal y como somos, sin intentar adaptarnos a «lo que se espera de nosotros», aunque a veces sea una **tarea difícil.** A veces nos sumimos en un pozo lleno de inseguridades, miedos y estereotipos externos que nublan ese camino hacia encontrarnos. Tal vez el proceso no sea fácil pero sí gratificante, porque a medida que te conozcas, tendrás tus objetivos más claros, tomarás decisiones más conscientes y serás más auténtico.

> No se forma la identidad en un vacío,
> sino que está condicionada por muchos factores.
> Nuestra infancia, familia, educación y cultura
> contribuyen a su formación.

Aun así, esto no significa que nuestra identidad esté completamente determinada por este entorno; **cada uno de nosotros tiene su historia** y su perspectiva, y somos libres de definirnos de manera única y auténtica.

Nadie debería tener
el poder de decidir
quién quieres ser.

Precisamente ese es uno de los puntos más importantes del proceso: **se trata de un camino propio.** Cada uno vive el suyo, aunque no signifique necesariamente que sea una búsqueda en solitario. Hay partes muy importantes de tu identidad que se verán influenciadas por **la gente de la que te rodees.** Es crucial seleccionar bien estas personas y buscar el apoyo de quien te acepte y te valore tal y cómo eres, te anime a seguir tus sueños y **se alegre honestamente por tus logros.**

Aunque el entorno sea un pilar decisivo, también es necesario aprender a establecer límites en nuestras relaciones interpersonales y no permitir que los demás o, más bien, sus opiniones, nos definan y nos menosprecien. Por eso tu percepción de ti mismo y tu mente juegan un papel tan importante.

CONOCER BIEN TUS DEFECTOS Y VIRTUDES VA A SIGNIFICAR UNA VENTAJA SIEMPRE.

APRENDERÁS A GESTIONAR MEJOR TUS EMOCIONES Y DECISIONES, A SER AUTOCRÍTICO Y, POR TANTO, ESTARÁS EN UNA MEJORA CONSTANTE.

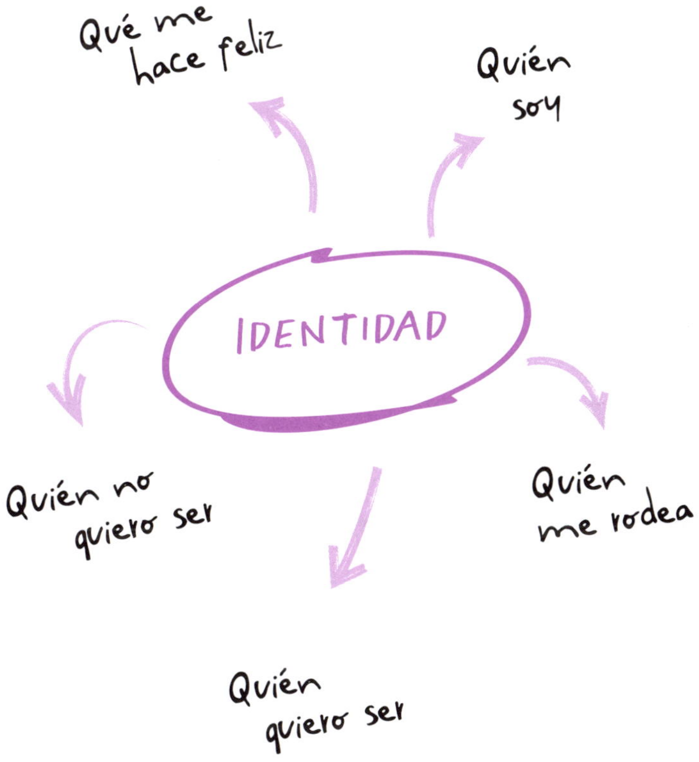
Qué me hace feliz
Quién soy
IDENTIDAD
Quién no quiero ser
Quién me rodea
Quién quiero ser

¿Quién eres?

Ya pensé muchas veces en cómo he llegado hasta aquí
sin tener respuesta,
y creo firmemente que no la hay,
tal vez esté en mí, pero no la encuentro todavía.

Solo sé que cuando soy, soy,
y nada me representa más que yo misma en este preciso instante.
Puede que esa respuesta que tanto busco,
que tanto me atormenta si yo misma me pregunto,
aunque no de la misma forma
cuando lo hace alguien más,
sea yo misma,
mi persona,
mi ser.

Y tal vez eso sea lo bonito,
la única duda que siempre podré responder
con certeza absoluta:
quién soy,
y qué quiero ser.

Porque está en mi sonrisa,
está en mis manos,
en las veces que abrazo,
en los besos que doy,
en mi ropa,
en mis pasos.

Solo sé que cuando soy, soy.
Y no sé si responde a tu pregunta...
pero sí a la mía.

DO IT FOR YOUR FUTURE SELF

Encuéntrate en ti

Muchas veces cometemos el **error de pensar que somos los únicos perdidos.** Es mucho más normal de lo que creemos, dudar sobre nuestra identidad, nuestro futuro, nuestra razón de ser... A todos se nos presentan esas dudas alguna vez, tarde o temprano. Antes hemos repasado la importancia de la introspección y del conocimiento de nuestras **virtudes y defectos,** pero ¿cómo los identificamos?

> *Virtud:* aquello que haces bien, que te llena, que te anima, que te hace sentir bien contigo.
>
> *Defecto:* aquellas cosas en las que puedes mejorar, en las que todavía te queda por aprender.

Te propongo

que escribas una **pequeña lista de aquellas cosas que consideras tus virtudes y aquellos aspectos en los que te gustaría mejorar.** Te dejo un ejemplo por si te sirve de ayuda :)

MIS VIRTUDES:

Soy una persona positiva, amable e intensa. Me gusta escribir, hablar en público y dar consejos. Soy leal, constante y resolutiva.

MIS DEFECTOS:

Soy cabezona y me cuesta encajar las críticas de las personas que quiero. A veces puedo ser un poco perezosa e impaciente.

TUS VIRTUDES:

....

....

....

....

....

TUS DEFECTOS:

....

....

....

....

....

Trata de identificar esas virtudes o defectos que más te representan y **sé honesto contigo mismo.** Plásmalos sin miedo. Es importante que te asignes esas características desde el respeto y el amor hacia ti. **No te reproches ni te exijas demasiado.** Todos tenemos aspectos buenos y otros en los que mejorar, es exactamente ese equilibrio el que nos permite crecer y mejorar día a día.

Saber identificar qué nos gusta de nosotros es también un ejercicio de reflexión determinante para la formación de nuestra identidad. Uno de los aspectos que más he gozado en el recorrido del autoconocimiento que he hecho hasta ahora ha sido el disfrutar de **las partes de mí misma que más me gustan.** No hay ejercicio más gratificante que el descubrir en qué facetas te gustas más.

Respecto a esto, creo que hay **tres preguntas clave** que me ayudan a identificar si algo me gusta de mí misma o no: ¿me hace feliz?, ¿me representa?, ¿disfruto haciéndolo? La respuesta a estas tres cuestiones es una buena forma de empezar a definir si esa característica forma parte de aquellos aspectos que me gustan de mí. Preguntarte y cuestionarte este tipo de cosas es una muy buena manera de conocerte.

Perderte no puede significar nada más que **una nueva oportunidad para encontrarte.** Búscate en esa nueva etapa y conviértete en tu lugar seguro.

Tú eres tu refugio,

eres tu casa.

Quiérete con lo bueno

y con lo malo, más.

ESPEJO

Lo que me gusta de mí
tiene mucho que ver conmigo;
con mi forma de actuar
y mi forma de verme.

Lo que me gusta de mí
es cómo me quiero,
cómo me escucho,
cómo me permito,
cómo me caigo,
cómo me tiendo la mano a mí misma.

Lo que me gusta de mí
tiene mucho que ver conmigo
y con todas las cosas que dependen de mí
y que trabajé tanto
solo por mí y para gustarme.

Porque sé que no puedo gustar a todo el mundo,
pero a mí quiero gustarme mucho.

Críticas y más críticas

La parte más pesada y que a ninguno nos gusta de esta búsqueda de la propia identidad son **las críticas.** Sin duda la teoría es fácil de interiorizar, pero ¿cómo la aplicamos en la vida real?

EXISTEN DOS TIPOS DE CRÍTICAS
Y ES DE GRAN IMPORTANCIA
APRENDER A DISTINGUIRLAS.

- Por una parte, tenemos aquellas críticas que provienen de personas que nos desean el bien, que buscan nuestra mejora y están formuladas constructivamente.
- Por otro lado, tenemos aquellas críticas que provienen de personas que no nos desean el bien, que no conocen verdaderamente nuestra persona y suelen tener como objetivo hacernos sentir inseguros o inferiores.

Es importante que conviertas la primera clase de críticas en **tus aliadas.** Van a ser aquellos puntos de vista de las personas que realmente te conocen y quieren ayudarte a mejorar y a alcanzar tu mejor versión. Si las conviertes en un impulso para cambiar aspectos de ti y crecer personalmente, serán una gran herramienta. Hay que percibir estas críticas de forma positiva, porque provienen de opiniones sinceras y están formuladas desde el respeto y el cariño. Las necesitamos para nuestro progreso y por tanto hay que saber escucharlas, interiorizarlas y usarlas en nuestro beneficio.

La segunda clase de críticas es un tanto más peculiar. Pueden provenir de un completo desconocido, de alguien cercano, incluso de un ser querido. Se caracterizan por ser comentarios destructivos y su propósito suele ser **herir o hacer sentir mal.** Creo que es todavía más determinante aprender a gestionar este tipo de críticas, precisamente porque son las que más pueden dominarte si dejas que se apoderen de tus pensamientos. La forma más efectiva de ignorarlas es convertirlas en **empoderamiento.** Entender que no te representan y que están lanzadas por alguien que no te desea el bien. Si dejas que, lejos de hundirte, estas críticas sean un motivo más para demostrar que esa persona se equivoca, su intención de herirte cada vez sonará más bajito en tu cabeza. No podemos gustarle a todo el mundo y, aunque a veces nos parezca que sí, gustarles a todos **no nos hará más válidos.**

Tú decides tu valor. Tú decides qué te define y qué no.

La persona más importante a la que tienes que gustar es a ti mismo porque a partir de ese logro, las opiniones de los demás siempre van a ser secundarias.

Identidad y estilo, ¿se conocen?

Una de mis formas favoritas de expresarme es a través de la ropa que me pongo. A lo largo de los años, **mi estilo se ha convertido en un aliado muy importante para definir y mostrar mi identidad a los demás.** Siempre me ha gustado elegir mi ropa y, no os mentiré, no siempre lo he hecho con el mejor de los gustos. Aunque haya recibido burlas y comentarios negativos alguna vez, no me arrepiento, también me han hecho aprender. Siento que el estilo es algo que se forma, se construye y está en constante evolución, por lo que va muy de la mano con la búsqueda de la identidad.

> Como todo lo que se crea y se construye, formar tu propio estilo conlleva un proceso.

Y lo importante del proceso es aprender, no hacerlo todo bien. Si no hubiera recibido esas burlas y comentarios de la gente que se reía de mí por cómo me vestía, probablemente ahora no me sentiría con tanta seguridad cuando elijo mi ropa y me pongo lo que me apetece.

La clave está en convertir toda esa negatividad en algo que te ayude a crecer, te haga más fuerte y te prepare mejor para la próxima vez que encajes un comentario así. Algo que puede ayudarte mucho a transformar los comentarios malos en algo positivo es recordarte que **no te definen.** No te define la opinión de alguien que no te quiere bien, que no pretende ayudarte ni hacerte sentir mejor contigo. No permitáis que esas burlas se conviertan en pensamientos intrusivos e influyan en vuestras decisiones, en vuestra percepción y en vuestro discurso interno.

¿Cómo convertir tu estilo en un aliado? En ocasiones puede resultar desesperante elegir qué nos va a representar ese día, es decir, qué vamos a ponernos. En mi caso, el estado de ánimo influye muchísimo en esa decisión. Hay prendas a las que asocio comodidad, personalidad, seguridad, calma...

> PASO UNO. Conócete, investiga. Identifica cuáles son esas prendas que te gustan, que te hacen sentir bien. ¿Qué te gusta o te hace sentir a gusto? Sal de tu zona de confort y prueba cosas nuevas. Para conseguirlo, también es importante conocer tu cuerpo. Déjate aconsejar por alguien que te vea con buenos ojos y te quiera más allá de lo que lleves puesto.

(Las madres siempre serán una buena opción).

PASO DOS. Inspírate. Es importante tener buenos referentes. Personas que admires, por cómo se visten y, sobre todo, por cómo son. Puedes encontrarlas en las revistas, en las redes e incluso entre tus amigos y conocidos. Cuanto más investigues y chafardees, más variedad de puntos de vista y de perspectivas aportarás a tu visión. Imagínate construyendo un collage, ¡cada recorte importa!

PASO TRES. Trabaja en tu actitud. No es la ropa, es cómo la llevas. Desprende lo que aquella prenda te transmita; seguridad, formalidad, elegancia, comodidad... ¡Tú eliges!

No olvides trabajar también
cómo afrontas las opiniones
y actitudes ajenas;

EL QUE DECIDE HASTA
QUÉ PUNTO PASAN A FORMAR
PARTE DE TUS PENSAMIENTOS
Y TU PERSPECTIVA ERES TÚ.

HAZ UN OUTFIT ALREDEDOR
DE UNA PRENDA POR LA QUE HAYAS
RECIBIDO ALGÚN COMENTARIO
NEGATIVO Y LÚCELA.

Escribe aquí cómo te sientes
después de haberlo hecho.

Me gusta en quién me estoy convirtiendo

Me gusta en quién me estoy convirtiendo

Me gusta en quién me estoy convirtiendo

CONSEJOS PRÁCTICOS PARA SER TÚ MISMO

sin dar importancia al qué dirán

1. Conócete.
2. Aprende a decir *no* si algo no te interesa o no te hace feliz.
3. Valora tus opiniones; merecen ser escuchadas.
4. Rodéate de personas a las que admires.
5. Evita compararte con los demás constantemente.
6. Aprende a gestionar las críticas y a convertirlas en herramientas de mejora.
7. Experimenta: explora tus intereses y nuevas facetas de ti mismo.
8. Aprende a perdonarte por tus errores.
9. Sé paciente contigo mismo; el proceso valdrá la pena.
10. No te exijas demasiado.
11. Invierte tu tiempo en cosas y personas que te sumen.
12. Ama tus defectos y tus virtudes.
13. Háblate como hablarías a un amigo.
14. Acepta tus diferencias.
15. Trabaja en tu autoestima.
16. Quiérete tal y como eres.
17. Hazte oír.
18. Respeta tus tiempos.
19. Ignora los comentarios destructivos.
20. Haz aquello que te haga feliz.

¡Descubre más en mi podcast *There She Is*!

CAPÍTULO 2

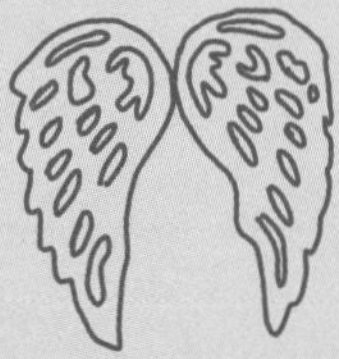

ALAS

MADURAR. ¿Alguna vez os habéis dado cuenta según estaba pasando? Yo tampoco. Lo cierto es que solo he podido analizar mi evolución una vez terminado un gran cambio. Irónico. La verdad, sería mucho más útil que uno se diera cuenta de que los cambios, las transiciones, los aprendizajes están teniendo un papel importante en ese momento de su vida para entender por qué los está sufriendo o experimentando.

Todos maduramos y crecemos a un ritmo distinto.Algunas veces más tarde que el resto y otras mucho antes; es algo que me hubiera gustado conocer sobre la madurez: **que tiene sus tiempos y son distintos para cada uno de nosotros.** A medida que he ido creciendo, he sido consciente de esta evolución y he ido adquiriendo conocimientos y valores que guardo en la persona que soy. Agradezco cada paso, cada error, cada experiencia. Pienso que todo lo que nos ocurre acaba formando parte de quién somos, pero solo nosotros decidimos con qué parte de lo que nos pasa nos quedamos.

Los **inicios** de etapa siempre son importantes. Esas alas son un símbolo de **libertad** y están en mi piel desde que cumplí dieciocho años. Antes llevaba día sí y día también un collar con ellas y sentía que me representaba mucho por mis ansias de libertad, por la protección, por lo que me recordaban a un ángel y a la bondad. La *chapita* se deslizaba por mi cuello hasta mi nuca y mi madre me decía «saldrás volando». Qué razón tenía. He volado tanto desde entonces...

Sin embargo, un día dejé de llevarlo porque sentía que **ya no me representaba.** Seguía ansiando esa libertad, seguía pensando en la importancia de la bondad, pero no de la misma forma. Y, con el tiempo, me he dado cuenta de que no tiene por qué ser algo malo; **el fin de una etapa suele significar el inicio de otra.**

Te invito

a escribir a tu yo de dieciocho años. En pasado o en futuro. Dedica unas líneas a ese tú, háblale de ti, de cómo habéis cambiado, o pregúntale cómo es, cuéntale tus propósitos y deseos.

Puedes volver aquí siempre que quieras para encontraros.

Cuando cumplas dieciocho...

Los dieciocho. ¡Tantas veces me habían dicho que sería una edad que me cambiaría la vida! Es cierto que son un momento importante en nuestro camino, ya que **marcan la transición de la edad adulta.** Una vez cruzas esa línea, miles de puertas y oportunidades se presentan ante ti, pero también nuevas responsabilidades. Es un momento donde los nervios, las emociones y el entusiasmo se cruzan y dejan en ti esas ganas de comerte el mundo.

No me sentí una persona nueva después de cumplir los dieciocho, pero sí me sentí plenamente feliz. Es cierto que los cumplí en una situación excepcional; encerrada en casa y sin mis amigos (por la pandemia), pero eso no me impidió disfrutarlos. Sí puedo deciros que a partir de ese momento empecé una etapa de crecimiento personal y emocional que marcaría mi personalidad por completo, pero en ese momento aún no lo sabía.

Ayer cumplí dieciocho años y fui muy feliz. Mis amigos me prepararon un vídeo precioso y lloré muchísimo. También me regalaron una cámara que tenía muchísimas ganas de tener. Quiero grabar y editar todo lo que pueda y más para tener recuerdos de mí y de todo lo que me gusta. Soy muy afortunada de tener a mi lado a las personas que quiero y también me siento muy agradecida por todo lo que me pasa día a día. Dieciocho años de felicidad.

Creo que este fragmento de mi propio diario resume bien cómo me sentía. Afortunada, llena y emocionada por lo que los próximos años de mi vida iban a traerme, pero, tal y como os he dicho, todavía me quedaba mucho por descubrir y por aprender de mí misma.

Pide un deseo

Pedí amor.
Pedí que mis sueños se cumplieran.
Pedí conservarte en mi vida,
y que fueras muy feliz.
Esa tarta redonda con velas en el centro...
me miraba
y yo a ella
y me dijo mientras nadie escuchaba,
que ese día no solo sería un año más mayor,
sería mucho más...
Pedí independencia,
pedí compañía,
pedí felicidad.
Me di a mí un segundo para pensar
y después de soplar, lo supe.
Nunca iba a volver a ser la misma,
no por lo que pedí,
sino por lo que tenía por entregar,
al mundo,
a mí.

Aprender paso a paso

A veces las ansias de crecer nos hacen olvidar lo bonito que es **disfrutar y vivir cada etapa con calma.** Cuando somos niños, estamos constantemente pensando en crecer, en ser mayores, en cumplir nuestros sueños y a veces dejamos de ser conscientes de la suerte que tenemos. Cada una de las etapas que vivimos tiene su propio encanto y nos brinda experiencias únicas que merece la pena aprovechar.

Para mí, el crecimiento está relacionado con la madurez, con el conocimiento y la adquisición de nuevas experiencias. **Tu vida cambia,** tus compañías cambian, tus pensamientos, tus opiniones... y poco a poco construyes esa persona madura y adulta en la que te vas a convertir. Sin embargo, todos tenemos una historia distinta y ninguno de nosotros vive ni vivirá esta evolución de la misma forma. Y no tiene por qué significar algo malo, al contrario, crecer también significa **trazar tu propio recorrido,** cometer tus errores y afrontar tus adversidades.

Es cierto que hay muchas formas de crecer; intelectualmente, emocionalmente, socialmente..., cada una de ellas es importante y puede vincularse a distintos aprendizajes. **Crecer es un proceso inevitable del que tenemos mucho que aprender, apreciar y disfrutar.** Abrazar cada momento y lección que nos da nos permitirá afrontarlo con gratitud y actitud positiva, para encontrar el significado y la felicidad en cada momento de nuestra vida.

Vuela

Qué sería de mis alas
si nunca hubiera tenido el coraje
para alzarme y volar.

Independencia

Una de las cuestiones que más se asocia con la madurez es **la independencia.** Tiene un papel fundamental en el crecimiento personal; implica **asumir la responsabilidad de nuestras propias acciones,** decisiones y emociones. Comporta un desprendimiento de la dependencia hacia los demás y nos preparamos para afrontar la vida por nuestra cuenta.

Una de las cosas más importantes que te puede aportar la independencia es **la confianza en ti mismo.** Al saber que solo dependes de ti para tomar decisiones, confías más en tus capacidades. Superas obstáculos, logras metas y tu autoestima y seguridad se fortalecen. Es algo que yo experimenté mucho al permitirme hacer las cosas que me hacían feliz y realmente me llenaban. Cuando empecé a hacer caso a mi instinto y a dejar en segundo lugar las opiniones ajenas me sentí libre para experimentar aquello que me apetecía. **Cuando haces algo con pasión, el resultado solo suma.** Y así fue. Me fue bien, y aquel primer paso propulsó el segundo. Fui mi propia fuente de fortaleza; me convencí de que era capaz. Siendo capaz de cosas pequeñas, fui consiguiendo otras cada vez mas grandes.

Precisamente esta experiencia me lleva al segundo aspecto que me ha aportado la independencia: **el autoconocimiento.** Al tener esa libertad para explorar mis pasiones, mis intereses y valores sin la constante influencia de otros, tuve la oportunidad de descubrir **quién era y quién quería ser;** qué me motivaba y qué me hacía feliz. Pude establecer una conexión mucho más profunda conmigo y con mis metas.

La independencia también te convierte en alguien resolutivo. Desarrollar nuevas habilidades prácticas y emocionales te permitirá convertirte en una mejor versión. Gestionar y distribuir tu tiempo, resolver problemas, tomar decisiones, comunicarte mejor…, habilidades que, al fin y al cabo, son esenciales para el crecimiento y para enfrentar nuestros problemas.

En resumen, **la independencia es una sensación de empoderamiento y de libertad.** Nos permite tener más control sobre nuestras vidas y sobre todo nos desata de todas aquellas expectativas o limitaciones impuestas por otros. A continuación, te dejo un listado de mis esenciales para fortalecer la independencia en mi vida.

- DEFINE TUS METAS Y PRIORIDADES A CORTO Y LARGO PLAZO. Identifica qué es lo que realmente quieres lograr. Tener objetivos nos ayuda a mantenernos enfocados.
- TOMA TUS PROPIAS DECISIONES. No te desesperes si te equivocas, es parte del proceso.
- ACEPTA QUE TUS ACCIONES TIENEN CONSECUENCIAS Y QUE ERES RESPONSABLE DE ELLAS. Sé consciente de esta responsabilidad.

- APRENDE DE LAS HABILIDADES QUE DESARROLLES EN TU INDEPENDENCIA. Administra tu tiempo, tus finanzas, tus tareas… Cuantas más habilidades, más confianza ganarás.
- AMPLÍA TU PERSPECTIVA. Viaja, conoce, explora.
- TU CÍRCULO TAMBIÉN ES IMPORTANTE. No te olvides de rodearte de personas que sepan aconsejarte, darte apoyo emocional. Normalmente los buenos amigos y la familia sabrán estar a la altura.
- CONFÍA MUCHO EN TI. Reconoce tus logros y celebra tus éxitos.

Puedes empezar

por hacer tu lista de metas y prioridades:

....

....

....

....

....

....

....

TRABAJA EN SILENCIO.

DEJA QUE TUS ACTOS

HABLEN POR TI.

Aspiraciones

Todos tenemos **sueños.** Aspiraciones, metas, deseos, objetivos. Nos impulsan a crecer, a desarrollarnos y a alcanzar nuestra mejor versión. Nos ayudan a enfocarnos en lo que realmente queremos lograr, nos dan un sentido de propósito y nos guían. También son una constante fuente de **motivación;** cuando tenemos claras nuestras aspiraciones, nos sentimos inspirados para trabajar y superar nuestros problemas. Nos empujan a salir de nuestra zona de confort y a perseguir el crecimiento.

Sin sueños, sin metas, sin aspiraciones, nuestra vida no tendría sentido. La desmotivación tendría una gran presencia en nuestra rutina y una sensación de insatisfacción constante nos invadiría. **Sentirte realizado,** válido y capaz es una parte muy importante de tu felicidad y tu autoestima. Necesitamos creer en nosotros, en nuestras metas, y **luchar por cumplirlas.** Sin metas claras, nuestra identidad y capacidad de crecer emocional y mentalmente peligran.

Nuestras aspiraciones también se vinculan, en ocasiones, a las etapas que vivimos. Cuando éramos niños soñábamos con conseguir objetivos que tal vez no son nuestra principal preocupación ahora. Es importante entender que las aspiraciones, como las personas, **no se mantienen estáticas** y están muy sujetas al momento vital en que nos encontramos. También pueden variar en su naturaleza y alcance. No todas las metas tienen que ser ambiciosas y grandes. **Todas son válidas**, incluso las más pequeñas pueden tener un alcance significativo en nosotros.

Algunas de las aspiraciones que más me mantienen conectada a mí misma son **aquellas que tuve durante la infancia.** Hay una parte de mí que siente mucho orgullo y satisfacción cuando veo a esa «yo» pequeña feliz porque he cumplido su sueño. Es una de las partes de mí más auténticas que conservo, y hacerla feliz es una de las cosas que más orgullosa me hace sentir. **Si tu yo de niño te viera ahora mismo, ¿qué pensaría?**

Sin embargo, en muchos casos nuestras aspiraciones y sueños más profundos no se cumplen automáticamente. La manera en que gestionamos lo que ocurre cuando nuestros sueños no se cumplen, o no se manifiestan inmediatamente en nuestras vidas, también nos define. Es muy importante tener en cuenta que **el éxito no es algo que siempre sea inmediato** y es fácil sentirnos frustrados por ello. La gestión de esta frustración se convierte en una habilidad fundamental para mantenernos enfocados y motivados a pesar de los desafíos.

Reconocernos a nosotros mismos que los contratiempos son parte del proceso nos ayuda a mantener los pies en la tierra y a lidiar con las emociones negativas mucho mejor.

Dejar ir

Aprender a dejar ir es un aspecto crucial del crecimiento personal, aunque es la parte que menos me gusta de crecer. Personas, sentimientos, aprendizajes. Ir dejando un rastro detrás de ti de todo aquello que te ha aportado, pero que ya no puedes seguir manteniendo contigo. A veces me imagino cargando una mochila a la espalda llena de todo lo que en este instante forma mi ser. Mis sentimientos, la gente que me rodea, mis miedos, mis problemas. Llega un punto en el que necesitas descargar esa mochila y quitar esas partes que ya no te hacen bien ni te aportan. **No es fácil, pero al hacerlo sientes alivio.** Lo cierto es que forma parte de la vida. Soltar también nos permite ser, aprender, crecer.

Dejar ir nos libera
de cargas emocionales
negativas que pueden frenar
nuestro crecimiento.
SOLTAR ESTAS EMOCIONES
NOS PERMITE AVANZAR.

La vida está llena de cambios, y con ella también cambiamos nosotros. Si no tenemos la valentía de afrontar que con estos cambios también tendremos que aprender a soltar aquello que nos impide adaptarnos, estaremos poniendo piedras en nuestro propio camino. **Al dejar ir el pasado,** las relaciones tóxicas, las falsas expectativas, estamos dejando más hueco en nuestra mochila para el bienestar y el equilibrio. Es muy importante dejar espacio a lo bueno en nuestra vida para que tenga mucho más peso que aquello que no nos hace bien. Puede que tu mochila esté ahora mismo más llena de cosas negativas que positivas, pero déjame decirte que tú tienes el poder de decidir qué llevas en ella y siempre estarás a tiempo de cambiar su contenido. No tendría sentido, por ejemplo, llevar piedras a la espalda, porque **el peso se acumula hasta que no puedes más,** ¿verdad? Lo mismo pasa con nuestra vida.

La teoría es fácil, pero todo cambia cuando se trata de **dejar ir algo o alguien que has querido** o simplemente te engancha. A veces nos equivocamos y ponemos ese vínculo por encima de nuestro bienestar. Y no hablo solo de vínculos personales; hablo también de vínculos materiales, adicciones y malos hábitos... En esos casos es importante poner como prioridad nuestras emociones. Tenemos que poder experimentarlas y expresarlas sin juzgarnos o sin sentirnos juzgados. **Reflexiona,** evalúa, examina si ese algo o alguien te está aportando o te está quitando. Una de las partes más dolorosas de este proceso es aceptar que **hay aspectos que no podemos cambiar** y están fuera de nuestro alcance. No somos psicólogos de nadie ni estamos aquí para cambiar su forma de ser. No podemos forzar la situación ni obligar a alguien a permanecer en nuestra vida si no es lo mejor para ambos. Establece tus límites, comunica lo que necesitas. **No te alejes simplemente,** busca la manera de exteriorizar tus necesidades. Mantén como prioridad en todo momento tu felicidad y tu crecimiento.

Es cierto que soltar es una tarea que mayoritariamente se hace con las decisiones que uno mismo toma y puede ser un camino bastante individual, **pero no tenemos por qué pasar por el proceso solos.** Buscad el apoyo de vuestros amigos, familiares, profesionales. Compartid vuestros sentimientos porque son importantes. Es posible que no puedas soltar tú solo y está bien necesitar ayuda, recuérdalo.

Lo que me aporta	Lo que me resta
....	....
....	....
....	....
....	....
....	....
....	....

Dejar ir también

es un acto de amor,

amor hacia ti.

Cuando sueltas,

porque duele y ya no es para ti.

CONSEJOS PRÁCTICOS PARA LOS AÑOS QUE VENDRÁN

(y para cuando los necesites)

1. Cuida tu círculo y tus relaciones personales.
2. Aprovecha tus oportunidades de crecimiento.
3. Establece metas y propósitos.
4. Cuídate física y mentalmente.
5. Deja ir cuando sea necesario.
6. Sal de tu zona de confort.
7. Aprende de tus errores.
8. Trabaja tu independencia y la confianza en ti mismo.
9. Sé positivo y no te pongas trampas.
10. Mantente enfocado en tu felicidad.

¡Descubre más en mi podcast *There She Is*!

CAPÍTULO 3

MUSIC

EN UN MAL DÍA **me hace sentir mejor.** En los momentos felices me completa. Si me siento insegura, me da fuerza. Llena mis silencios y me permite expresar todo lo que con palabras no puedo decir. Si tuviera que definir la música de alguna forma, sería esta.

Con tres años empecé a cantar. Con seis ya tocaba el piano. Recuerdo llevarme mi MP3 y mis auriculares a todas partes. Cuando descubrí que mi padre tenía Spotify en el ordenador de casa, hice mi propia lista y la llené de las canciones que más me gustaban. Aprendí a tocar el ukelele sola con dieciséis, después de insistir mucho a mis amigos para que me regalaran uno. Soy esa persona que siempre se ofrece para traer el altavoz y para elegir la música en las fiestas. Cuando estoy en un momento muy feliz, canto. Disfruto mi soledad con música de fondo, o en los auriculares. Incluso mientras estoy escribiendo esto, me acompaña la música.

Cuando me tatué la palabra ***music***, pretendía plasmar en mi piel el gran significado que ha tenido siempre la música en mi vida. Cómo me ha ayudado a crecer, a escuchar, a sentir… a **entenderme y definirme** mucho mejor de lo que nunca hubiera podido hacerlo sin ella. Hay momentos en los que las palabras no son suficientes para expresar lo que sentimos; muchas veces mis emociones se han sentido mucho más cómodas en una melodía de esas que lo dicen todo sin decir realmente nada. Sentarse en la cama después de un día largo y escuchar una canción que te relaje, que describa cómo te sientes. Pensar en alguien y asociar a él o a ella ese grupo que tanto te gusta. Escuchar un estribillo y no poder evitar pensar en ese momento o etapa de tu vida al que lo vinculas. La música une, recuerda, conserva, revive… Tiene un efecto tan increíble en nosotros que yo diría que es, al menos para mí, sanadora.

EL PODER QUE TIENE LA MÚSICA EN MI VIDA ES EL DE MEJORARLO TODO.

Sea como sea. Mis momentos felices lo son aún más si suena alguna canción de fondo. Y en los momentos no tan felices, en los que simplemente no tengo ganas de nada, la música me ayuda a encontrarme, a recuperar las fuerzas. Incluso es una gran compañera para desahogarme, para sentir y permitirme experimentar la tristeza. No hay que temerle a sentir ni a dejar que nuestras emociones más profundas fluyan.

Te animo

a **recopilar todas esas canciones** que te han emocionado a lo largo de tu camino. Relaciónalas con etapas, con personas, con momentos, con experiencias, **con lo que sientas.** Deja aquí este recopilatorio tan especial para poder revivir todas y cada una de las sensaciones que te transmiten estas canciones.

PLAYLIST DE TU VIDA

¿A QUÉ TE RECUERDA ESTA CANCIÓN?

PLAYLIST DE TU VIDA	¿A QUÉ TE RECUERDA ESTA CANCIÓN?
....	....
....	....
....	....
....	....
....	....
....	....
....	....
....	....
....	....
....	....
....	....
....	....
....	....
....	....
....	....
....	....
....	....

PEDIDO

#0001 PARA MARTIINAG
DOMINGO 21/05/2023

Nº	ARTÍCULO	CANTIDAD
01	LOVE AGAIN - THE KID LAROI	2:27
02	I CAN'T GO BACK TO THE MAY IT WAS (INTRO) - THE KID LAROI	1:35
03	ALWAYS DO - THE KID LAROI	2:32
04	LAST LAST - BURNA BOY	2:52
05	NO ESTUVISTE EN LO MALO – MORAD	4:08
06	CIRCO LOCO - DRAKE, 21 SAVAGE	3:57
07	QUIZÁS, TAL VEZ - ELADIO CARRIÓN	2:27
08	OJOS SIN VER - MORAD, ELGRANDETOTO	3:12
09	MARÍA - MORAD, NINHO	3:11
10	COSAS LOCAS 2.0 - DANNY ROMERO, SAIKO. SOGE CULEBRA, JUSEPH, LUCHO RK	4:53

NÚMERO DE ARTÍCULOS: 10

TOTAL: 31:13

TARJETA #: ******2023
CÓDIGO: 123421
NOMBRE: MARTIINAG

Etapas

No hay etapa de mi vida que no me recuerde a una canción, a una melodía, a un artista, a un álbum. Esa es la magia de la música, se pega a los recuerdos y los transforma. De golpe, ese día especial tiene de fondo una canción. Un artista te recuerda a esa persona importante y, por ese preciso motivo, te encanta. Suenan dentro de ti todas esas notas en forma de vivencias, de momentos, de memorias. Se te eriza la piel y se te alteran los sentidos.

UNA DE MIS COSTUMBRES MÁS ESPECIALES ES FIRMAR CADA PÁGINA DE MI DIARIO CON UNA CANCIÓN.

No recuerdo cuándo empecé a hacerlo, pero sí por qué. Quería que cada vez que releyera ese fragmento, pudiera ponerme esa melodía y **revivir las sensaciones que escribía.** Hacer, por unos minutos, un viaje a ese preciso momento. Conservar esa costumbre me ha convertido en alguien que **siempre asocia sus etapas o momentos a la música.** Cada canción me recuerda quién era en ese momento y cómo he evolucionado desde entonces. Vincular la música a tus momentos vitales también puede ayudarte a conectar mucho contigo misma; a conectar con las emociones que te transmite cada lugar, cada persona. Hacerlo tiene efectos intensos y emotivos, pero también desgarradores. Oír las primeras notas de una melodía puede teletransportarte a la felicidad o al dolor más inminente. Ambas emociones son parte del proceso y no tenemos por qué reprimirlas. Las canciones que acompañan tu tristeza, un día te recordarán lo fuerte que fuiste durante el proceso; y las que componen la banda sonora de tus momentos felices, serán un rayo de luz en un día gris. A lo que voy es que la música consigue hacerte sentir. Instala en tu mente recuerdos, emociones y sensaciones pasadas y presentes, se mantiene firme durante los minutos escasos en los que transcurre una canción y luego deja en ti una sensación agridulce; en ocasiones nostálgica, en otras eufórica. Úsala como recurso; tanto para viajar a tu interior como para recordar o para sanar.

HAY ALGO EN LA MÚSICA QUE CONSIGUE EMOCIONARME, CONECTARME CONMIGO MISMA, TAL Y COMO OS CONTABA.

Te propongo

que dejes aquí escrita una canción para los momentos que voy a decirte. Siempre que lo necesites, sabrás que esa música **consigue llevarte a esa emoción.** Es un pequeño regalo a tu yo del futuro, del pasado o del presente:

UNA CANCIÓN PARA ENSEÑARLE
A ALGUIEN ESPECIAL:

....

....

UNA CANCIÓN PARA RECORDAR
ESTE PRECISO MOMENTO:

....

....

UNA CANCIÓN QUE TE AYUDE A CALMARTE
CUANDO NO ESTÁS BIEN:

....

....

UNA CANCIÓN QUE TE HAGA SENTIR
LLENO Y FELIZ:

....

....

UNA CANCIÓN QUE NADIE ESPERA
QUE TE GUSTE:

....

....

¿EN QUÉ CANCIÓN PIENSAS CUANDO OYES SU NOMBRE?

TÚ SONABAS ASÍ

Oímos esa canción tantas veces,
de tantas maneras,
en tantas versiones,
a todas horas.

Tú dormido,
yo sentada,
abrazados,
riendo,
de fondo.

Cuando te fuiste,
no la puse en mucho tiempo,
y sonó un día, sin quererlo.

Me encogí porque apareciste.
Aparecieron tus gestos, tu silueta, tu risa.
Observé en silencio hasta que terminó y te fuiste.

Sonreí, aún con ese nudo en el pecho,
respiré,
y murmuré las últimas notas,
pensando en que siempre me recordaría a ti.

¿Ver las cosas de otra forma?

Hay pocas cosas que consigan cambiarte la perspectiva en esta vida. Para mí, **la música es una de ellas.** Hay días en los que simplemente quiero **rendirme.** Las cosas no salen como me gustaría, me siento desmotivada, cansada, harta. **No siempre podemos estar bien, ¿no?** Se espera de nosotros que estemos constantemente felices, alegres, que mostremos siempre nuestra mejor cara. No hay mayor peso emocional que ese.

Cuando no estoy en mi mejor momento, dejo que la música entre en mí y me ayude a sentir. Ese tiempo en el que la canción suena, **mis sentimientos evolucionan a su ritmo.** Tanto que, cuando termina, ya no soy la misma que al inicio. Y muy pocas cosas me cambian de esa forma. Especialmente en los momentos malos, pero también en los buenos. En cualquier contexto. **Es una forma para permitirme sentir,** para darme mi tiempo. Queda grabada en mí como un aprendizaje del que ya no me desprenderé jamás.

Para que comprendáis mejor esa sensación, os dejo un texto que escribí sobre ello:

Sané de muchas formas mientras sonaba esa canción. Partes de mí que ni siquiera sabía que estaban rotas se unieron, progresivamente, sin hacer demasiado ruido. Mi corazón latía al ritmo del compás y todas las nubes que ocupaban mi mente se disiparon. Había anhelado tanto ese alivio que prácticamente me evadí de la realidad al completo. Sentí una lágrima rodar por mi mejilla. Podía ignorar mis pensamientos, pero no aquella sensación húmeda que ahora recorría mi rostro. Traté de descifrar el origen de mi reacción. ¿Estaba triste? ¿Era una lágrima de alivio? ¿Felicidad? No hubo respuesta. En mi interior seguía sonando la letra de la canción y puse todo mi empeño en seguirla. En ocasiones la vida trata de eso. De seguir, simplemente. Aunque el rumbo no esté claro, aunque ni siquiera tú mismo puedas responder a tus preguntas. Y ahí entendí que mis piezas estaban encajando. Al menos, durante unos minutos. No me preocupaba si luego volvían a esparcirse porque me sentía preparada para verlas así, como estaban, desordenadas, desorientadas. A veces uno debe ser consciente de que sus piezas están lejos de encajar y reconocerlo con orgullo. ¿No forma parte del aprendizaje reconocer que estamos rotos? Asentí para mí misma mientras la canción terminaba. El silencio fue inundando mi cabeza y posteriormente mi habitación. Tuve ganas de escucharla de nuevo, así que lo hice. Tantas veces como hizo falta.

Ahora, busca una canción especial para ti y deja que suene en tu exterior y en tu interior.

ESCRIBE AQUÍ CÓMO TE HACE SENTIR
Y PERMÍTETE DESCRIBIRLO CON TODO LUJO
DE DETALLES.

Esta me recuerda a ti

Dedicar una canción es otra forma de decir te quiero. Es una manera de comunicarnos y expresar nuestros sentimientos hacia alguien de forma única y personal. Las canciones tienen esa especial capacidad de transmitir emociones y, a veces, uno se siente mucho más capaz de expresarse así; convirtiendo esa **canción en un mensaje** que vaya mucho más allá de las palabras.
Dedicar una canción también puede transportar a un lugar, a un recuerdo o a un momento. Es una forma de congelar esas sensaciones para dárselas a alguien y que las lleve siempre consigo. Uno de los regalos más bonitos que puedes hacer a alguien es **una lista de canciones que te recuerden a él/ella o que haga que esa persona se acuerde de vosotros.**

Ese gesto tan simple demuestra lo mucho que apreciamos y tenemos en cuenta a esa persona. Al elegir cuidadosamente esas canciones, demostramos **que nos importa hacerle sentir especial.** Es difícil encontrar alguien que nos valore y nos respete por quién somos realmente. ¿Qué menos que tener estos gestos con estas personas?

A veces **olvidamos** lo importante que es recordar a nuestros seres queridos que los apreciamos. Una lista de canciones mantiene vivos esos sentimientos y es un recordatorio constante de lo mucho que nos importa esa persona. Es como llevar en el bolsillo un pedacito de vuestra historia, de vuestros momentos, vuestras anécdotas. ¿Qué puede haber más **especial** que eso? Cada vez que queráis revivir esas emociones, simplemente podéis reproducirla. Es algo que, por mucho que el tiempo pase, siempre conseguirá devolveros al momento en el que estabais cuando toda esa música os marcó. Es una forma preciosa de **regalar en presente aquello que sois,** que sentís. Aunque es inevitable que algo así evolucione con el tiempo, las canciones conservarán esa esencia tan bonita que brota de las relaciones (de cualquier tipo) cuando se crean vínculos especiales y fuertes.

Cuando las palabras no son suficientes, la música habla. No hay nada que no podamos decir con una buena canción :)

Seguro que tienes muchísimas canciones por dedicar todavía. **Te invito a que las apuntes a continuación junto al nombre de la persona a quien va dedicada y marques con una cruz cada vez que lo hayas hecho.** Así dejas constancia de todas aquellas veces que has tenido este precioso gesto.

CANCIÓN	¿A QUIÉN SE LA DEDICAS?	¿SE LA HAS DEDICADO YA?
....	....	....
....	....	....
....	....	....
....	....	....
....	....	....
....	....	....
....	....	....
....	....	....
....	....	....
....	....	....
....	....	....
....	....	....
....	....	....
....	....	....
....	....	....
....	....	....

ÚLTIMAS NOTAS

Aquellas que sonaban antes de que llegaras

después de que te fueras.

Ya nunca pude oírlas igual después de ti.

LA SOLUCIÓN
A TODO
ES QUE ME CANTES
ESA CANCIÓN...

¡Descubre más en mi podcast *There She Is*!

CAPÍTULO 4

CORAZÓN

AMAR NOS MUEVE, **nos guía, hace que todo cobre sentido.** Hay tantas formas de querer… Queremos a nuestra familia, a nuestros amigos, a nuestra pareja, de distintas formas y en distintas intensidades. Es un sentimiento que va más allá de lo que podemos describir con palabras. Es ese vínculo emocional e intenso que nos conecta con otras personas de una forma única. Trasciende los límites del ego y nos impulsa a preocuparnos y a cuidar a los demás de forma desinteresada, **sin esperar nada a cambio.**

Existen muchos tipos, muestras y formas de amar. No solo encontramos amor en las relaciones románticas, sino también en la amistad, en el amor fraternal y en el **amor hacia nosotros mismos.** Este último es uno de los amores más importantes. No es el primero que experimentamos, pero, a medida que crecemos, nos vamos dando cuenta del gran papel que juega en nuestras vidas. Con el tiempo el amor propio va siendo un pilar más importante a la hora de decidir, de reaccionar y de gestionar nuestras emociones. Si lo hemos trabajado, el camino es más ameno y enriquecedor. En cambio, si es un aspecto que ocupa un segundo plano en nuestras vidas, **notaremos su falta a cada paso.** ¿Quién nos enseña a trabajar en nuestro amor propio? Normalmente nuestra familia y seres queridos son los que juegan un papel crucial a la hora de desarrollarlo. Sin embargo, llega un momento en el que pasamos a tener la suficiente consciencia como para tomar iniciativa y hacerlo por nuestra cuenta. Las bases formadas durante nuestros primeros años de vida tienen importancia, pero solo nosotros tenemos el poder de cambiar el rumbo una vez nos encontramos con los primeros conflictos que genera la falta de amor propio.

El **amor en pareja** también tiene un rol importantísimo en nuestra vida. No olvidarás nunca las veces en las que entregues tu corazón a alguien. Y con entregar el corazón me refiero a regalar tu tiempo, tu atención y tu afecto incondicionalmente. Abrirte en canal, disfrutar de la compañía de alguien con quien compartes una conexión muy especial. En tu interior se crearán sensaciones, recuerdos y emociones que marcarán tu forma de querer. También es una parte muy importante de nuestro crecimiento descubrir el amor desde esta perspectiva, conocer la sensación de estar enamorado y que ese sentimiento sea recíproco por parte de otro ser.

EN TODO CASO, ES FUNDAMENTAL SER CONSCIENTES DE QUE EL AMOR ACTÚA COMO MOTOR EN NUESTRAS VIDAS.

Venga de un ser querido, de un amigo o de una pareja, crea un efecto en nosotros que ningún otro sentimiento es capaz de crear.

CORAZÓN I

El primer amor: el propio

¿Cuándo te diste cuenta de que la relación que tienes contigo mismo/a es la más importante y duradera que tendrás jamás? En mi caso, no pude aprenderlo hasta que me perdí. Y cuando me reencontré, me tatué este corazón. Nadie nos enseña conscientemente a querernos bien y con atención. No es algo que se aprenda de forma directa como algo que aprendemos en clase, sino que se va aprendiendo a medida que transcurren los años. Nuestras experiencias y lecciones van marcando el estado de este amor durante nuestro crecimiento. Para que nos entendamos, el amor propio es el conjunto de valoraciones que hacemos sobre nosotros mismos, más conocido como la autoestima. Diremos, brevemente, que una persona que se valora negativamente con frecuencia tiene una baja autoestima y aquella que lo hace de forma muy optimista la tiene alta. Hasta aquí bien.

Cuando te das cuenta de que eso tan abstracto a lo que llamamos amor propio existe dentro de ti y debes cuidarlo y tenerlo en cuenta, no sabes por dónde empezar. Volvamos a mi pérdida. Lo que a mí me pasó, fue que entregué tanto amor que me quedé sin nada para mí. Querer tampoco es tarea fácil las primeras veces, y, según tu forma de ser y de amar, puede que tus sentimientos por esa persona opaquen el resto de tus prioridades hasta el punto de que olvides por completo que la persona más importante de tu vida eres tú. A menudo pasamos por alto la importancia que tiene valorarnos, aceptarnos y respetarnos incondicionalmente. Puede que, como yo, alguna vez olvides que quererte está por encima de querer a otros, y que, si no te priorizas ante los demás, termines desorientado y lejos de todo aquello que alguna vez dio sentido a tu vida.

Resumiendo, la relación terminó. Sorpresa. Estas cosas pasan y forman parte de la naturaleza del mundo en que vivimos; la mayoría de cosas tienen un principio y un final. Y si ahora soy capaz de contártelo con humor es porque en su momento me desorienté, lloré y pasé por muchas emociones diferentes. Cuando me quedé sin él me di cuenta de lo mucho que yo me faltaba. ¿Qué quería? ¿Quién era? ¿Qué me gustaba? Hazlo por ti y por la Martina del pasado, jamás dejes de cuestionarte o responderte esas preguntas. Tus necesidades son importantes. Tus gustos son importantes, tus prioridades también. Ahí entendí que ese proceso de duelo formaba parte de fortalecer mi relación conmigo. ¡Qué necesario fue! A veces sufrimos tanto que olvidamos que el dolor es un motor de cambio. Y que muchas veces cuando creemos que el mundo se viene abajo, la vida nos está haciendo un favor.

Puede que algún día tú también experimentes una pérdida similar a la mía. Y tienes que estar preparado porque, tal y como he dicho, forma parte del proceso de aprender a querer y sobre todo a quererse bien. **Un indicador fácil y rápido para identificar si te estás dejando de lado es preguntarte si tu vida a solas te hace feliz.** Si te conoces, si te respetas. Si haces cosas que te gustan y te representan sin necesidad de contentar a nadie. Responder esas preguntas es igual de duro que liberador, te lo digo por experiencia. Así que hazlo por ti. Si las respuestas no te gustan, ya tienes un punto de partida.

Uno de los mensajes más erróneos que he escuchado es que el amor propio es sinónimo de egoísmo. Quererse no es algo egoísta, sino más bien una base para construir relaciones saludables y significativas con los demás. Cuando te quieres y te valoras, la vida te pone en una mejor posición para dar y recibir amor de manera equilibrada. Eres más consciente de tus necesidades, de tus deseos, y eres capaz de comunicarlos desde el respeto y la claridad. Sin embargo, el amor propio es el amor **por el que más tenemos que poner de nuestra parte,** porque nuestra mente supone en muchas ocasiones un obstáculo para alcanzarlo. Nos autosaboteamos sin darnos cuenta siendo negativos, culpándonos...

Uno puede ser muy crítico consigo mismo y a veces pasamos por alto que nuestra opinión puede ser demasiado dura e incluso distanciarse de la realidad. Muchos de los reproches que nos hacemos a nosotros mismos son fruto de la **presión social:** no estudiar lo mismo que los demás, no tener un cuerpo determinado, no tener pareja... Pero si nos paramos a analizar qué es lo que realmente nos duele de estas cuestiones, no es fácil distinguir si tiene que ver con nuestros propósitos o con las expectativas que nuestro círculo exterior tiene sobre nosotros. La falta de autoestima nos puede llevar a tener **problemas de confianza** (si no confías en ti, difícilmente lo harás en los demás), a tener dificultades para enfrentarnos a los retos (por miedo al fracaso o a decepcionar a los demás), a ser inseguros en nuestras relaciones (de amistad, de pareja, familiares...). Es cierto que según cada persona y el contexto los efectos son distintos y pueden variar, pero en líneas generales, la falta de amor propio nos afecta en puntos muy importantes de nuestro desarrollo como personas.

Yo concibo el amor propio de diferentes formas, según su uso.

Si lo cuidamos, será siempre un propulsor para convertirnos en una mejor versión de nosotros mismos. Evitaremos depender de los demás y de sus opiniones, ganaremos independencia y seguridad a la hora de tomar decisiones por nuestra cuenta, aprenderemos a valorarnos por lo que somos y no por lo que quieren que seamos y nos haremos valer por encima de todo. Esto último tiene especial importancia. La autoestima no solo te ayuda a cuidar tu relación contigo, sino que te recuerda constantemente quién eres para que no olvides que nadie puede romperla.

PODRÁN HACERTE DAÑO, TRAICIONARTE, JUZGARTE, CRITICARTE, PERO SI TE TIENES A TI, SI CONFÍAS EN TI, SI A PESAR DE TODO NO TE DAS LA ESPALDA, SIEMPRE VAS A LEVANTARTE.

Sea cual sea la adversidad. No quiero que cuando leáis esto os parezca la típica frase que suena demasiado bonita para ser real. Quiero que reflexionéis sobre los momentos más duros que hayáis pasado y analicéis qué presencia tuvo vuestro yo interior en ellos. Algunos veréis con orgullo que vuestra autoestima os salvó y otros me daréis la razón sabiendo que, si hubierais estado más fuertes en ese aspecto, todo habría sido mucho más fácil. Ambas versiones son válidas, yo misma las he vivido, como todos en algún momento de nuestra vida. Lo importante es ser conscientes y aprovechar cada suceso para avanzar un poquito más.

A continuación,

me gustaría que escribierais algunos aspectos de vuestra autoestima que os gustan mucho y otros en los que os gustaría mejorar. Yo os dejo los míos:

ASPECTOS BUENOS

- Soy consciente de mis capacidades y confío en mis habilidades.
- Tengo claro que cuando alguien me daña o me traiciona, me pierden a mí y no yo a ellos.
- Soy un privilegio en la vida de las personas que me rodean.
- Soy capaz de mirarme y gustarme. Y cuando tengo un mal día, recuerdo lo mucho que me gusto en los días buenos.
- Tengo un diálogo interno positivo y me hablo con cariño.
- Cuando tengo pensamientos intrusivos, consigo que tal como vienen, se vayan.
- Sé cuales son mis metas y soy capaz de ponerlas por delante de las opiniones ajenas.
- Me demuestro a mí misma que soy capaz de hacer aquello que me propongo.

ASPECTOS DE MEJORA

- En ocasiones la inseguridad vence a mi seguridad.
- Me gustaría tener un diálogo interno más comprensivo en mis días malos o en los momentos en que las cosas no salen como me gustaría.
- No quiero reprocharme mis errores, sino enfocarlos como una oportunidad de aprendizaje.

ASPECTOS BUENOS

ASPECTOS DE MEJORA

Creencias limitantes

No seas tu propia piedra
en el camino :)

El primer paso para empezar a identificar qué nos impide alcanzar el amor propio es **identificar las piedras que a veces nos ponemos en el camino.** Como os contaba, a veces nos lanzamos mensajes negativos a nosotros mismos y no son del todo objetivos con nuestra realidad; lo único que consiguen es bloquearnos y hacernos daño, limitando nuestras capacidades. Cuando nos referimos a estas piedras, estamos hablando de pensamientos intrusivos, reflexiones espontáneas que no llegamos a formular voluntariamente y nos generan malestar.

Yo imagino estos pensamientos como aviones con banderitas que llevan escritas un mensaje que crea nuestra propia mente. Por ejemplo, estás con una amiga y, de repente: «¿y si un día deja de importarle mi amistad y me abandona?», «tal vez no soy suficiente buena amiga para ella». Cuando estas intromisiones se vuelven algo diario y frecuente en nuestro diálogo interno debemos preocuparnos y **analizar por qué nos estamos sintiendo de esta forma.** A continuación, os dejo algunos ejemplos de temáticas con las que podrían estar relacionados estos pensamientos, para que hagáis una introspección y los detectéis con mayor facilidad. Aprovecha para marcar con un tic los puntos con los que te sientes identificado:

- ☐ **Cuestionas siempre las palabras bonitas que recibes.** Sientes que los cumplidos nunca son en serio si se refieren a ti y piensas que no los mereces.

- ☐ **Evitas expresar tu opinión.** Prefieres guardártela para ti antes que sentirte rechazado/a y más si se opone a lo que los demás defienden.

- ☐ **Caes en una dinámica de comparación constante.** Te comparas con los demás y te sientes insuficiente, te culpas por aquello que crees que no tienes.

- ☐ **Dudas de ti mismo y te juzgas constantemente.** Sientes inseguridad, miedo a fallar y a no ser suficiente. Aquellas cosas que no te salen bien son un peso mucho más grande para ti que todo en lo que eres bueno.

- ☐ **Sientes que no mereces las cosas buenas que te pasan.** Sientes que tus éxitos no son gracias a tu trabajo sino al de los demás, o atribuyes ese éxito a la suerte.

No importa cuantos tics hayas puesto, es completamente normal sentirse así y es posible mejorar y trabajar en ello. Alcanzar ese amor hacia uno mismo es un proceso continuo y requiere trabajo consciente.

Trabaja tu autoestima

Todos hemos sentido alguna vez una recaída en nuestra autoestima, es completamente normal. A medida que vamos creciendo esta serie de conductas se amoldan a nuestra personalidad y puede que tomen protagonismo en nuestras vidas sin siquiera darnos cuenta. ¿Cómo podemos mantenerlas en segundo plano, entonces? Os dejo algunas de mis herramientas más recurrentes para trabajar mi amor propio:

- **Potencia tu autenticidad.** No te escondas de lo que eres, lo que piensas o lo que sientes. Tu opinión y tus sentimientos importan a los demás, pero sobre todo tienen que importarte a ti. Ten presente estos factores y no actúes en función de lo que los otros quieren para ti. Acepta lo que eres y lo que no eres con orgullo, actúa con naturalidad respetando también lo que son los demás. Sé honesto con tus palabras y trata de no mentirte a ti mismo. Aprende a mostrarte también en aquellos momentos en los que no te sientas tan fuerte y la vulnerabilidad se apodere de ti. Es sabio reconocer aquello que nos daña o nos hace sentir inseguros responsabilizándonos de ello y enfocándolo de forma positiva y alentadora.

«Mi opinión no importa».

¡Por supuesto que importa! Es igual de válida que las opiniones de los demás y tienes todo el derecho a expresarla.

Lo que piensas es importante, para ti y para los demás. Consejo: elige bien con quién la compartes, es cierto que hay personas que no merecen tu opinión y ni siquiera una pizca de tu atención. Eres alguien con muchas cosas que aportar en tu vida y en la de los demás, así que alguien que no te valora no se merece nada de ti.

«Tengo miedo a mostrarme como soy por lo que puedan pensar de mí».

Lo que eres y cómo eres es lo mejor de ti, es la razón principal por la que te quieren las mejores personas que conoces y conocerás en tu vida. Mostrándote podrás acercarte más a estas personas y encontrar tu sitio en el mundo. Quien no sepa valorarlo o intente ridiculizarte por ello es que tiene un problema grande que solucionar consigo mismo. Créeme, no tiene nada que ver contigo, sino con su propia inseguridad. Así que evita que los problemas de los demás influyan en tu percepción de ti mismo.

«Lo que todos quieren para mí no es lo que yo quiero».

Es un paso muy importante darse cuenta de esta afirmación. Si de verdad te sientes así, hay algunos puntos de tu vida que tienen que cambiar. A veces parece demasiado difícil contarles a las personas que quieres que, aquello que siempre han querido para ti, no es en realidad lo que quiere tu corazón. Pero no es tan malo como parece. Tus seres queridos lo entenderán. Aun así a veces también es importante escucharlos, porque cuando crecemos es habitual que lo que queremos no sea lo mejor para nosotros. Combinando nuestra percepción con escuchar los consejos de las personas que nos quieren bien, trazaremos nuestro propio camino.

- **Limítate.** Amarte también implica ser lo suficientemente valiente como para decir no a aquello que te hace daño o no es bueno para ti. Esto incluye también cerrar las puertas a esas personas tóxicas que te impiden crecer y no desean tu felicidad. Si no somos capaces de frenar esas conductas, dejaremos que sus acciones y decisiones pasen a estar por encima de las nuestras. Siempre tenemos derecho a negarnos cuando algo no nos parece bien o no nos apetece. Independientemente de que en ocasiones se nos haga difícil, hay que tener el coraje suficiente para hacerlo.

«Si le digo que no, dejará de ser mi amigo/pareja y lo perderé».

Si alguien amenaza con dejarte de lado o irse de tu vida simplemente porque no te apetece hacer algo que te pida, es importante que sepas que te está manipulando. Esa persona es consciente de lo mucho que tú la necesitas y, para conseguir que accedas a realizar lo que quiere, pone vuestra relación en juego. Es posible que, aunque esa persona no amenace con hacerlo, tú la veas capaz y por eso tengas miedo de negarte. Ceder en este tipo de situaciones es peligroso, no solo porque estamos perdiendo autoridad ante nosotros mismos, si no porque puede acabar siendo una costumbre en la relación que te obligue a cada vez permitir más y más. No tienes porqué hacer algo que no quieres aunque un ser querido te lo pida. Este tiene que ser lo suficientemente maduro como para escuchar tu punto de vista, entenderlo y respetarlo. Si no es así, algo no funciona en esa relación. Activa tu *red flag*.

«Si digo que no, voy a quedar mal delante de todos».

La querida presión social... Imagínate que estás en una fiesta y alguien ofrece algo para beber. A todo el mundo le apetece menos a ti, pero te da miedo que piensen que eres un aburrido o un soso. Es normal que en muchas ocasiones acabemos cediendo a esta presión por miedo a ser diferentes o al qué dirán. Con el tiempo te irás dando cuenta de que cuanto más cedas a esta presión peor te sentirás contigo mismo. Vale más la pena ser el aburrido o el soso para aquellos que no te conozcan (porque quien de verdad te valora no pensará eso de ti y respetará tu decisión sin juzgarte), que convertirte en un robot que repite todos los comportamientos de aquellos que le rodean sin hacer caso a sus preferencias o a su punto de vista.

- **Rodéate de personas a las que admires.** Tener un círculo que se quiera y te anime a quererte es el favor más grande que puedes hacerte. Las personas con una autoestima y amor propio fuertes son una compañía perfecta para aprender y mejorar. Cuando las personas que te rodean no solo te quieren tal y como eres y aprecian tus virtudes y tus defectos, sino que también te inspiran, te acompañan y te ayudan a mejorar, tu autoestima se multiplica. Es imposible mejorar el amor propio rodeado de personas que no lo potencian, que ridiculizan a los demás, que se encargan de pisarte para estar más arriba. «Quieren verte bien, pero no mejor que ellos», decía mi abuela. Y qué razón. Encárgate de tener cerca a personas que te quieran bien y no se comparen contigo, que celebren tus logros y sean capaces de apoyarte en tus malos momentos.

- **No olvides tus necesidades.** Lo que yo llamo el ***abc* del amor propio;** cuidar y mantener el equilibrio físico, mental y emocional. Date ese paseo, escribe ese fragmento, arréglate y siéntete guapo/a, canta esa canción, cómete tus piezas de fruta diarias, cuida de ti en todos los aspectos. Esos pequeños gestos son, al final del día, una suma muy grande de cariño. De la misma forma, cuando dejamos de tener estos gestos, la suma también puede convertirse en algo muy negativo. Cuidarnos con estas pequeñas cosas nos moldea, construye la persona que somos y que queremos que vean los demás. Nos convence de nuestras capacidades, nos recuerda la importancia de ponernos en primer lugar y fortalece nuestro bienestar físico y emocional.

ABC del amor propio

Es tan importante para mí cuidar la relación que tengo conmigo misma, que me la tatué en ese corazón. Algo que me encanta de este tipo de amor es que a veces se manifiesta de las formas más inesperadas. Hay tantos gestos, palabras, acciones no relacionadas estrictamente con el afecto que significan o transmiten amor propio para mí... Os dejo una lista de mis favoritas. A continuación, **podréis escribir las vuestras para tenerlas siempre en mente.** Es importante tener este tipo de gestos con nosotros y prestar atención a nuestras necesidades físicas, emocionales y mentales.

GESTOS QUE TENGO CONMIGO MISMA QUE DEMUESTRAN MI AMOR PROPIO

1. Me hablo con cariño y soy comprensiva conmigo misma.
2. Me permito equivocarme.
3. Me perdono por mis errores.
4. Me doy mi tiempo para vivir mis propios procesos.
5. Me permito exteriorizar mis emociones.

6. Me animo a comunicar mis necesidades.

7. Me escucho.

8. No me culpo por aquello que no está en mi mano.

9. Me cuido mental y físicamente.

10. Dedico tiempo a hacer aquello que me gusta.

- ....
- ....
- ....
- ....
- ....
- ....
- ....

Quererse es un viaje personal y es cierto que cada uno sigue su ritmo. Puede que te sientas muy lejano a cumplir todos estos objetivos, pero te prometo que valdrá la pena. Habrá momentos en los que quieras tirar la toalla, en los que sientas que te puede la presión, en los que simplemente no puedas más. **Sé paciente y compasivo contigo mismo en cada paso.** Con el tiempo incorporarás a tu rutina todos estos gestos y llegará un día en el que te sientas más fuerte, más capaz y todo cobrará sentido.

Sigue eligiéndote siempre.

Una y otra vez.

CORAZÓN II

Querer queriendo, querer dar y ser querido

Una de las cosas que ha ido evolucionando según he ido creciendo, es **mi concepción sobre el amor.** Cuando era pequeña, creía en ese amor en el que todos hemos creído alguna vez; el idílico, el romántico, el perfecto, en el que, aunque las cosas se tuerzan, el final siempre es feliz. La primera lección importante que aprendí respecto a ese amor de cuento, de princesas y sueños, es **que no existe tal y como lo pintan.**

La imagen idealizada del amor ha influido significativamente en mis expectativas del amor y las relaciones. Siempre he pensado que encontraría **mi alma gemela,** que conectaríamos en todos los aspectos y viviríamos felices para siempre. Sin embargo, poco a poco me he dado cuenta de que no quiero (ni debo) encajar en esa narrativa. Puedes esperar que el amor sea fácil, que siempre haya una conexión instantánea y que todo se resuelva rápida y felizmente. Pero la realidad es que las relaciones van mucho más allá de esa imagen perfecta, **requieren trabajo, compromiso y voluntad.**

En el amor, nadie viene enseñado. Nuestras primeras nociones del amor vienen dadas por aquellas personas que nos crían y por nuestros primeros referentes: nuestros padres, nuestros amigos, compañeros, personajes de series, libros, películas... **Existen tantas percepciones del amor como personas hay en el mundo.** Cada uno de nosotros, con su historia, sus creencias, sus aprendizajes y sus miedos se enfrenta al amor de una manera distinta. Cuando lo conoces por primera vez, te parece que debe ser similar a todo aquello que has visto antes. Un amor de cuento, intenso, con un final feliz. Sin embargo, cuando te inicias en el mundo de las relaciones amorosas, te das cuenta de que hay muchas cosas que se saltaron en las películas. **Esperar que el amor sea idílico y perfecto solo conduce a estrellarse contra un muro bien duro de realidad.** Y no quiero decir que el amor no sea lo más bonito del mundo, lo es, pero dentro de su imperfección.

Lo importante es que, en lugar de basar nuestra idea del amor en lo que nos muestran las películas, las series y los libros, busquemos una visión más equilibrada. Reconozcamos que el amor implica altibajos, desafíos y momentos difíciles, pero que a la vez también nos brinda crecimiento, conexión emocional **y un sentido profundo de intimidad y compañía.** Aquello que he aprendido sobre el amor sale de la huella que han dejado en mí todas las personas que me han querido. Lo he experimentado en tantas formas y contextos, en tantas fases y momentos... Si existe una palabra que pueda describir mi visión sobre él, sería **intensidad.**

Si sonríes al recordar…
aquello que te haga sentir vivo,
te cure las heridas,
y te acelere el pulso.

Aquello que te haga pensar que estás loco,
y a la vez feliz,
y también ilusionado.

Aquello que quieras ver de lunes a domingo,
de día y de noche,
a cada hora y porque sí.

Podría decirte que es amor,
porque lo es.
Pero son también muchas otras cosas,
que se esconden en esa sonrisa que aparece una y otra vez,
cuando está cerca y aún más,
cuando está lejos.

¿Es amor?

Con frecuencia me hago preguntas a mí misma sobre las personas de las que me he enamorado, las relaciones que tengo y el papel que tienen en mi vida. Creo que es un aspecto positivo preguntarte constantemente a ti misma **qué significan ciertas cosas en tu vida**. Sobre todo si dichas cosas tienen una importancia significativa en tu rutina, en tus aspiraciones o en tus planes de futuro.

La primera vez que oí mencionar el término **relación tóxica,** ni siquiera sabía de qué me hablaban. Era un concepto que me sonaba más a químicos que al amor. Tal vez por eso nada de la relación que yo tenía en ese momento me recordaba a la toxicidad. Irónico pero cierto. Las relaciones tóxicas son aquellas en las que ambas partes son incapaces de no hacerse daño. Son emocionalmente agotadoras, dañan tu autoestima y te hacen sentir realmente mal. Siguen un patrón en el que habitualmente **una parte de la relación ejerce control sobre la otra**. A veces mediante la manipulación, otras con la intimidación o la violencia, generando siempre un ambiente de miedo y sumisión. Están caracterizadas también por la **dependencia emocional,** cuando una de las partes se vuelve emocionalmente dependiente de la otra, sacrificando sus necesidades propias y poniendo por encima el beneficio del otro. Se componen de una **falta de límites** saludables, chantajes, mentiras, falta de empatía… Las hay de muchos tipos y cada una es un mundo, no necesariamente todas las relaciones tóxicas son iguales y en ocasiones estamos tan metidos en ellas que ni nos damos cuenta. Por eso es tan importante aprender a detectar estos comportamientos antes de que se conviertan en una dinámica y la toxicidad invada la relación.

Si te humilla, te critica, te menosprecia o te manipula, no es amor. Si te controla excesivamente, te supervisa, no acepta tus decisiones o relaciones con otras personas, no es amor. Si te somete constantemente a juegos mentales, te confunde o chantajea, no es amor. Si te hace sentir culpable por expresar tus sentimientos o te desacredita constantemente, no es amor. Si te falta el respeto y se salta e ignora tus límites personales, no es amor.

Ya no sé quién soy. No quedo con mis amigos, no paso tiempo haciendo lo que me gusta, ni siquiera recuerdo por qué empezó esta relación. No me siento feliz con él. Hace tiempo que solo nos peleamos y nada es lo mismo. ¿Es así como debe sentirse una relación? Yo creo que no. Estoy viviendo en un constante tira y afloja, obligada a justificarme por todo lo que hago. Siento que mis preferencias y mis sentimientos no se escuchan y que cada vez me voy haciendo más y más pequeña. He perdido mi esencia, las personas a las que más quería y mis ganas de comerme el mundo. Por eso no me reconozco. Aun así, me da miedo terminar con todo esto. Porque lo quiero y quiero que esté bien. Me preocupa no recuperarme si lo nuestro se acaba. Pero más me preocupa pensar en cómo acabaré si esto continúa así... no puedo más, hoy es el último día que aguanto esto.

Así describía cómo me sentí cuando llegué a mi límite. Tardé un tiempo en darme cuenta de que lo mejor para mí era alejarme de todo aquello que en el fondo me estaba haciendo daño. Mi relación tóxica se basó en la manipulación y los abusos verbales. Constantemente me sentía inferior a él, intentando contentarle o en deuda con él por «todo lo que hacía por mí». Siempre quise ayudarle y hacerle cambiar, hasta que comprendí que esa no era mi función. Yo sola me había asignado la tarea de arreglar todos esos platos rotos sin pensar que al recoger los trocitos me cortaría los dedos. Ese proceso me estaba dañando a mí y reconocérmelo a mí misma no fue fácil, pero tuve que ser valiente.

¿Dónde está la salida?
¿Cómo salgo de aquí?

No hay nada de malo en asimilar y reconocer que te has visto envuelto en una relación tóxica. Yo sentía vergüenza cada vez que lo pensaba. No dejaba de preguntarme cómo había podido permitir algo así. Me costaba tanto creer que alguien a quien yo quería genuinamente fuera capaz de causarme todo eso… El paso más difícil fue esa conversación que tuve conmigo, en la que me dije que necesitaba ayuda y que se iba a terminar.

Aunque pienses que no eres capaz de poner punto y final y te parezca que toda tu vida gira en torno a esa persona, recuerda que **eres mucho más que eso.** Tu vida no debería ser estar constantemente enfrentándote a una relación que en realidad te daña día a día, poco a poco. El amor es algo fácil, que se comparte, que es recíproco, que aporta, que suma. Por muchos años que hayas compartido al lado de una persona, a veces llega un momento en que no compensa seguir. Aunque sientas miedo, siempre va a ser mejor enfrentarlo que entregar las riendas de tu vida a una relación que no va a ninguna parte. Te dejo algunos consejos que a mí me sirvieron de mucho:

- HABLA CON ALGUIEN EN QUIEN CONFÍES: comparte estas preocupaciones y experiencias con alguien que te escuche y con quien te sientas a salvo. Puede ser un amigo, un familiar o un profesional de confianza. Ayuda muchísimo compartirlo con alguien que te escuche y te dé buenos consejos. Especialmente si quiere tu bienestar por encima de todo. Y si estás pensando que esas personas no van a ayudarte porque no te entienden o no quieres que se pongan en su contra, déjame decirte que tal vez estés un poco nublada por el amor que aún queda. Si aquellas personas que te quieren y siempre han estado a tu lado se dan cuenta de que algo no va bien, te lo dirán siempre para ayudarte, no para hacerte daño. Escúchalas y explora la cuestión desde su perspectiva.

- AYUDA PROFESIONAL: considera ir a terapia. Un especialista puede ayudarte mucho a entender los porqués y los patrones de la relación. Esas reflexiones se acompañarán de herramientas necesarias para tomar las decisiones que te ayuden a tomar las riendas de la situación; tanto si la situación te desborda como si sientes que está empezando a ser tóxica.

- PRIORÍZATE: durante el tiempo en el que estés experimentando este proceso es muy importante que prestes atención a tus necesidades. Rodéate de personas buenas, haz cosas que te gusten, ten paciencia contigo y cuida de ti mismo.

- DESINTOXICACIÓN DE REDES SOCIALES: Si estás constantemente pendiente de esa persona a través de sus distintos perfiles, limita tu tiempo con el móvil. Puedes restringirlo mucho unos días y luego ir aumentándolo progresivamente. Las redes son un entorno muy traicionero en este tipo de casos, alimentan nuestra ansiedad y nos hacen creer en escenarios ficticios basados en las meras interacciones virtuales de la otra persona. Cuanto menos estés pendiente de lo que hace o deja de hacer por redes, más tranquilo y centrado en ti estarás.

Tomar estas iniciativas es valiente y necesario. No tienes que enfrentarte a todo esto tú solo. Ten en mente siempre los recursos y personas que tienes a tu alrededor, dispuestas a darte apoyo y a ayudarte a construirte de nuevo. Es un proceso duro, pero aprenderás de tus errores y tendrás en cuenta cuáles son las cosas que no estás dispuesto a repetir en ningún tipo de relación futura.

ESTAR EN UNA RELACIÓN NO SIGNIFICA ELEGIR AL OTRO POR ENCIMA DE TODO. SIGNIFICA ELEGIRTE A TI CUANDO ESTAS CON ESA PERSONA.

Significa elegir sus defectos, elegir sus manías, sus torpezas y sus inseguridades. Significa respetar sus tiempos, escuchar sus preocupaciones y ofrecerle apoyo diario e incondicional. Significa en ocasiones dejar el orgullo a un lado, responsabilizarse de los actos de uno mismo y aprender a rectificar.
También significa exigir lo mismo para ti. **Respetarte, escuchar y comunicar tus necesidades desde el respeto y de forma asertiva.** A veces también significa irse, aunque el corazón quiera quedarse y en ocasiones también implica aprender a decir que no. Es un ejercicio donde se promueve el respeto y se establecen acuerdos que contribuyen a un mayor sentido de felicidad mutuo.

Recuerdo que una vez, en el instituto, hicimos un taller sobre las relaciones tóxicas de pareja. Nos dieron una lista con muchos comportamientos tóxicos y *red flags* que una pareja podía tener hacia ti y nos hicieron reflexionar sobre nuestras propias relaciones. Yo era una de las pocas de mi clase que tenía pareja y recuerdo leer la lista con cierto recelo. «Nada de esto me pasa a mí», pensaba. Con el tiempo empecé a pensar en esa lista y me di cuenta de que tenía un error: todas las situaciones que planteaba reflejaban abusos y faltas de respeto muy graves. Eran conductas agresivas demasiado evidentes. Y es que a veces, estar en una relación tóxica no empieza con esos comportamientos, sino que vas permitiendo cosas hasta que normalizas lo impensable. La lista no hablaba de todas aquellas situaciones menos agresivas o conductas potencialmente abusivas que en un futuro podrían convertirse en todo aquello. Y ahí fui consciente de que la lista no estaba tan lejos de lo que me ocurría a mí. No había llegado a experimentar, por suerte, todas las cosas que figuraban en ella, pero sí había vivido situaciones similares; los pasos previos a que todo eso pudiera ocurrir. Os dejaré a continuación **una tabla con todo lo que ocurría en mi relación tóxica por si os sentís identificados.** Al lado os pondré aquello que, en cambio, he encontrado en la relación sana que mantengo ahora mismo.

Aprovecha

para utilizar esta tabla como una base para analizar relaciones presentes, pasadas o futuras; puede ayudarte a abrir los ojos y comprender determinados comportamientos.

Relaciones sanas	Relaciones Tóxicas
Comunicación abierta y honesta	Muy poca comunicación
Respeto mutuo	Faltas de respeto y menosprecio
Confianza sólida	Desconfianza constante y celos excesivos
Espacio personal, hacer cosas sin el otro	Control excesivo e invasión de la privacidad
Resolución de conflictos constructiva y desde el respeto	Peleas constantes y conflictos sin resolver
Apoyo a los sueños y metas del otro	Desvalorización de los sueños y las metas
Equilibrio de poder y decisiones compartidas	Desequilibrios, abusos de poder y decisiones unilaterales

No puedes curarte

en el mismo sitio

en el que el daño apareció.

Lo que pido al amor

Después de haber experimentado buenas y malas experiencias en el amor me he vuelto mucho más selectiva. Ahora **soy capaz de identificar lo que espero en una pareja** antes de apostar todo por alguien que a lo mejor no va a ser capaz de entregarme lo que necesito. Está claro que cada uno es único y tiene sus propias preferencias en el amor. También es importante que nos preguntemos qué queremos o qué esperamos de una persona que comparte una relación con nosotros. Para asegurarnos de que mantenemos un vínculo que está a la altura de nuestras necesidades y expectativas, debemos plantearnos cuáles son estos requisitos básicos que necesitamos en una relación amorosa. Os cuento los míos:

- COMUNICACIÓN SINCERA: Creo que es lo más importante para mí. Poder hablar con mi pareja sin sentirme juzgada, exteriorizar mis pensamientos, sentimientos y deseos de forma honesta. Necesito que esa persona me dé la seguridad de poder confiar en él, tanto con los aspectos buenos como los malos.
- RESPETO Y APOYO: Sentirme respetada también es uno de los puntos esenciales; que mi opinión se escucha, que mis sentimientos importan y que mis límites no se sobrepasan. Por otro lado, también me merezco ser valorada y querida. Me encanta sentir que la persona que está a mi

lado me acompaña y está ahí cuando la necesite, incluso en mis momentos más vulnerables.

- SEGURIDAD: Seguridad de saber que mi pareja me será honesta, leal y que lo muestre con sus acciones, no solo palabras. La confianza proporciona estabilidad emocional y tranquilidad, aspectos que también son muy importantes para mí.

- ADMIRACIÓN: Quiero admirar a mi pareja, sentir que puedo aprender de él y que es un ejemplo de superación. Necesito a mi lado una persona que luche por sus sueños igual que lo hago yo, que sea trabajadora y me demuestre que lucha por aquello que quiere.

- COMPLICIDAD: Es muy importante para mí esta conexión que combina la diversión y la atracción. Necesito que nos compenetremos, aunque seamos distintos, y tener momentos de diversión, de bromas…

- RESPONSABILIDAD AFECTIVA: Que mi pareja sea capaz de hacerse cargo de sus emociones y de cómo estas me afectan es muy importante para mí. Tener una relación también significa reconocer y asumir la responsabilidad de cuidar y manejar las emociones propias y de los demás de forma consciente, evitando causar daños innecesarios.

Estos son algunos de los requisitos más importantes que considero y quiero establecer en una relación. Es cierto que hay algunos otros que también son importantes como la empatía o el afecto; no los paso por alto, pero estos son los que para mí son pilares innegociables.

INTERMEDIO

Quiero quedarme a medias,

entre tus brazos y tu pecho,

entre tu lunes y tu domingo,

entre tu almohada y el primer rayo de luz.

Quiero quedarme a medias,

pero contigo,

y quererte del todo.

FRASES QUE SON UN «TE QUIERO» sin serlo

- Te acompaño a casa.
- Estoy aquí pase lo que pase.
- Eres importante para mí.
- Estoy orgulloso de ti.
- Me siento muy agradecido por tenerte en mi vida.
- Me haces querer ser mejor.
- Deja que te ayude.
- Contigo me siento en casa.
- No es lo mismo si no estás aquí.
- Confío en ti.
- Gracias por escucharme siempre.
- Te admiro.
- Me motivas a ser una mejor versión de mí.
- Contigo no duele tanto.
- Avísame cuando llegues a casa.
- Te guardo un sitio.
- Esta canción me recuerda a ti.
- Te espero al salir.
- ¿Necesitas algo?
- Todo irá bien.
- Quédate un ratito más.
- Que descanses bien.
- ¿Salimos y así te despejas?
- Te he hecho el desayuno.
- Deja que te lleve eso.

¡Descubre más en mi podcast *There She Is*!

CAPÍTULO 5

M

DE MAMÁ

ESTAMOS SUJETOS A CAMBIOS constantes. Nuestra vida evoluciona, nos rodeamos de personas distintas y crecemos nutriéndonos de nuevas experiencias que moldean nuestra perspectiva. Durante estos cambios, **los referentes desempeñan un papel fundamental, influyen en nuestro desarrollo personal y en nuestra toma de decisiones.** Nos fijamos en su forma de actuar, de decidir e inevitablemente acabamos adoptando gestos y formas de pensar muy similares. Cómo afrontamos nuestros problemas, cómo gestionamos nuestros sentimientos y nuestros momentos buenos y malos tiene mucho que ver con nuestros referentes. Precisamente por eso es tan importante cuidar nuestras referencias, las personas que admiramos y de quién nos rodeamos.

Hay muchos tipos de referentes. Pueden ser personas cercanas (familia, amigos, conocidos), figuras públicas o incluso personajes ficticios. La **familia** es uno de los principales referentes en la vida de todos. Son los primeros modelos a seguir en términos de valores, comportamiento y metas en la vida. La relación con la familia nos proporciona un sentido de pertenencia, seguridad emocional y un marco de referencia para nuestro desarrollo. **Es una relación que puede influir mucho en tu autoestima y en tu confianza en ti mismo.** La familia son las personas con las que más tiempo vas a compartir en las primeras etapas de tu vida (cruciales para el desarrollo de tu identidad). Muchas veces nuestras relaciones son un reflejo de lo que vemos en casa. Si nuestros padres son un ejemplo para nosotros a la hora de establecer límites, para comunicarnos, respetarnos y expresar lo que sentimos, eso se verá reflejado en todos los aspectos de nuestra vida, sobre todo cuando nos relacionemos con los demás.

Este tatuaje lo hice en honor a mi madre. Representa mi familia, pero ella en especial fue el primer referente que tuve. Es verdad que uno siempre establece un vínculo especial con su madre, sea cual sea. Es el primer ser vivo con el que tenemos contacto. En mi caso, siempre he sido una pequeña seguidora de mi madre. De pequeña solía pensar en lo mucho que la admiraba y en lo mucho que me gustaría convertirme en alguien como ella algún día. Me considero muy afortunada en este sentido, porque sé que no todo el mundo tiene la suerte de encontrar una referencia positiva en sus figuras paternas. Yo he tenido la suerte (que a lo mejor tú compartes) de estar siempre protegida, acompañada y guiada por ella y por el resto de mi familia.

Te propongo

que escribas
sobre el primer referente que hayas tenido presente en tu vida.

No importa quién sea, simplemente explica qué significa para ti, la huella que ha dejado en ti, que has aprendido de esa persona y qué importancia ha tenido su influencia en tu crecimiento. Si tuviera que resumir de alguna manera cómo de importante ha sido el papel de mi madre, sería algo así:

Mamá, siempre has hecho de casa un espacio seguro. Me has permitido explorar mi identidad y me has enseñado a relacionarme con cariño y respeto. Junto con papá me has brindado el vínculo más fuerte que conozco y un apoyo fundamental. Me permitisteis comunicarme abiertamente y me enseñasteis a expresar mis necesidades. Con cariño me acompañasteis en mis errores y me dejasteis aprender de ellos desde la distancia. Tuvisteis paciencia cuando me enfadaba con el mundo, cuando no entendía lo que me ocurría o cuando simplemente no supe gestionar mis emociones de la mejor forma. Una parte de vosotros está en mí; en todo lo que hago, en cómo pienso. Tengo la certeza de que siempre voy a poder volver a vosotros cuando me sienta perdida, sin fuerzas. No puedo imaginar unos mejores referentes que vosotros. Gracias.

POR SI MAÑANA NO ESTÁS

Te dedicaré la mejor de mis sonrisas,
Por si mañana no estás.
Porque quiero que la recuerdes,
Que la guardes y la lleves contigo allí a donde vayas.

Te regalaré mi tiempo,
Por si mañana no estás.
Y viviremos el hoy sin pensarlo demasiado.

Te diré que te quiero.
Una vez y otra de más.
Para que tengas una de sobra,
por si mañana no estás.

Somos de quien nos rodeamos

¿A qué nos referimos realmente cuando decimos que somos de quien nos rodeamos? Es una expresión que cobra un intenso sentido si la experimentas. **Las amistades** tienen un gran papel como referencia en nuestro desarrollo. Son las primeras personas que elegimos conscientemente sabiendo que su compañía va a marcar de una forma u otra nuestra existencia. Se convierten en espejos de nuestras acciones, actitudes y elecciones, además de influir en nuestros pensamientos y comportamientos. Esta influencia puede tener mucho peso en nosotros; sobre todo si estamos en busca de nuestra identidad y de nuestro lugar en el mundo.

Desde bien pequeños **aprendemos a través de las amistades el significado de la empatía, la lealtad y la confianza mutua.** Aprendemos de sus errores y de cómo manejan sus situaciones difíciles. Sus logros y sus fracasos son lecciones para nosotros; nos ayudan a desarrollar habilidades sociales y a lidiar con nuestros propios problemas. Es habitual que en edades muy tempranas no seamos conscientes de la trascendencia que estas relaciones pueden tener en nuestra vida, pero a medida que crecemos nos damos cuenta de la importancia de tener un círculo de amistades cuidado y positivo. Tener amigos nos aporta un sentido de pertenencia y refuerza la formación de nuestra identidad. Nos hace sentir que formamos parte de algo y que somos importantes. Pienso en mi yo pequeña y me doy cuenta de lo esencial que fue para mí tener amigos y sentirme querida por ellos.

Cuantas veces mi madre me habrá dicho la típica frase «¿solo porque tu amigo/a lo ha hecho vas a hacerlo tú?», y es que en ocasiones estamos tan influenciados por las decisiones de nuestros amigos que incluso dejamos de valorar racionalmente si esa elección también es lo mejor para nosotros. Está bien que tengamos muchos puntos en común con nuestras amistades y compartamos opiniones, pero eso no quiere decir que dependamos de su aprobación para tomar nuestras propias decisiones. Es por eso por lo que es tan importante tener un círculo de amistades que potencie tus mejores cualidades y te anime a ser tu mejor versión.

PARTES IMPORTANTES de una amistad

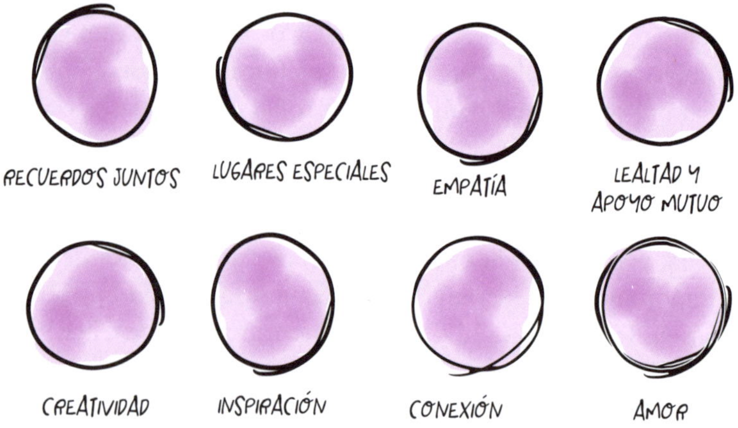

CONFESIONES

Siento que el giro más grande que viví en mi vida
fue cuando mi alrededor cambió,
y, poco a poco, mi interior siguió esa transformación.

Me rodeé de bondad y la sembré en mí,
recibí empatía y aprendí de su importancia.
Seguí los pasos de personas que me inspiraban de verdad,
y eso me convirtió en quién soy.

Supe que al girar nada iba a volver a ser como antes
y así fue, seguí avanzando,
y no todo el mundo tiene el coraje de tomar sus propias decisiones para seguir.

A través de la pantalla

¿Quién no se ha sentido inspirado alguna vez por alguien que no conoce? O que incluso no ha visto ni verá jamás. Alguien ajeno a nuestro círculo cercano, de quien desconocemos su situación, sus problemas, sus inquietudes, su realidad. ¿Es positivo encontrar un referente en alguien así? Mi planteamiento inicial es que sí, puede serlo. Vivimos en una sociedad llena de referentes de este tipo; *influencers*, personajes públicos... **Personas que nos inspiran, nos motivan y que de alguna forma consiguen conectar con nosotros hasta el punto de influenciar nuestros pensamientos.** Las redes sociales se han convertido en un espacio que nos permite rodearnos de personas que, si no fuera por ellas, no habríamos conocido nunca.

Es muy inspirador encontrar a alguien con los mismos gustos que tú, con intereses comunes, identificarte con su forma de ser, de vestir, de pensar. Sientes que, de pronto, has encontrado una especie de amiga o amigo virtual, aunque esa persona no sepa que existes. Y su existencia puede llegar a marcarte casi tanto como alguien a quien conoces en tu vida real y forma parte de tu día a día. Este suceso tiene una parte genial que puede potenciar tu creatividad y tu autoestima. Pero también tiene una parte negativa.

En este caso, uno de los mayores peligros de los referentes de estas plataformas es que **no exponen totalmente su reali-**

dad. Y me incluyo. Considero que una parte muy importante de mi trabajo (las redes sociales) es **elegir detenidamente qué muestro sobre mi vida y qué me guardo para mí.** A veces es difícil decidir qué quieres compartir o qué no, pero creo que forma parte de la responsabilidad de los creadores de contenido hacer conscientemente este proceso de selección, no solo por nuestro bienestar, sino también por el de las personas que nos siguen. Esta realidad parcial que todos consumimos a través de la pantalla puede llevarnos a tener como referencia una vida que no existe. Por eso trato de advertir siempre que no todo lo que muestro es todo lo que vivo e intento que aquello que sí enseño sea lo más fiel a mi realidad y naturalidad.

Hay cosas que simplemente no me apetece mostrar en redes sociales; puede que las exprese, pero a su debido momento. No me veo, por ejemplo, subiendo un video llorando, mostrando la intimidad de mi familia, amigos o pareja… Son aspectos de mi vida que quiero que sean privados. Es un ejercicio que tengo que hacer y la mayoría de veces no me parece difícil, pero hay ocasiones en las que sí lo es. Igual que lo hago en mi perfil, también trato de no distorsionar la imagen de los perfiles que sigo y me recuerdo a mí misma que todo lo que muestran no es su única realidad.

Puede que te parezca mentira, pero **seleccionar los perfiles a los que sigues** en redes y tomar consciencia sobre los mensajes que comparten y sus contenidos puede ayudarte a ser una mejor versión de ti, mejorar tu autoestima y tener una visión más realista sobre los estímulos que constantemente recibimos de las redes sociales. Te comparto a continuación **mis tres preguntas infalibles** para saber si un perfil que tomo como referente me está beneficiando o no me está aportando cosas buenas:

- ¿ME INSPIRA Y MOTIVA DE FORMA POSITIVA? Es decir, lejos de la envidia y las comparaciones, ¿es un perfil que me motiva a ser una mejor versión de mí misma y me inspira a alcanzar mis propias metas?
- ¿SU MENSAJE Y SUS VALORES VAN CONMIGO? ¿Es un perfil que transmite mis principales valores a través de su contenido, o más bien no me identifica su discurso?
- ¿SIENTO QUE DE ALGUNA FORMA APORTA ALGO ÚTIL EN MI DÍA A DÍA? Información sobre mis intereses, mis pasiones o mis áreas de desarrollo personal, por ejemplo. ¿Comparte un contenido relevante en cuanto a consejos, conocimientos o recursos?

Lo mejor es que lo cumplan todo, pero mi requisito es que **la respuesta sea afirmativa al menos en dos de las tres preguntas**. Os recomiendo muchísimo aplicar este filtro a los perfiles que seguís y que reflexionéis sobre ello después de haberlo aplicado. Os daréis cuenta de lo mucho que pueden llegar a cambiar los pensamientos y la perspectiva sobre uno mismo.

Por el contrario, si te das cuenta de que tus referentes en redes se convierten en **una obsesión para ti y constantemente te comparas o te sientes inferior a ellos,** también está bien que apliques la desconexión para alejarte de esta visión distorsionada. Al fin y al cabo, tu vida es única y tu realidad también y vale la pena trabajarlas, aunque te inspires en los demás. La comparación y el complejo de inferioridad solo van a impedirte que mejores y avances por tu cuenta.

SEÑALES DE QUE LAS REDES NO ESTÁN SIENDO UN REFERENTE POSITIVO PARA TI:

- **Obsesión constante:** si pasas la mayoría de tu tiempo en ellas y te es difícil desconectar.
- **Comparación constante:** si te comparas constantemente con los demás en función de lo que ves en estas plataformas.
- **Aislamiento:** si prefieres pasar tiempo en redes en lugar de interactuar con las personas que quieres y te hacen bien.
- **Decepción constante:** si sientes que cada vez que entras en alguna de estas aplicaciones sales más triste o deprimido de lo que estabas.

Si reconoces algunas de estas señales en tu propia relación con las redes sociales, es importante considerar tomar medidas para reducir su impacto negativo en tu vida. Limita tu tiempo en ellas, desactiva sus notificaciones y busca apoyo. **Tómate un descanso si es necesario para ti.**

Cuando las cosas cambian dentro de nosotros,

también lo hacen en nuestro alrededor.

No-referentes

A lo largo del tiempo, cientos de personas pasarán por tu vida. Algunas dejarán una huella bonita y significativa y otras no tanto. Pero ¿qué pasa cuando convertimos a una persona negativa en un referente? En primer lugar, **los referentes negativos son aquellos que nos transmiten ejemplos poco saludables, tóxicos o comportamientos destructivos.** Podemos encontrarlos en parejas, amigos o incluso figuras públicas que tienen un impacto en nuestra percepción del mundo. Aprender a identificarlos y lidiar con ellos es fundamental para nuestro crecimiento y desarrollo.

- RECONOCIMIENTO. Identifica aquellos referentes que te afectan y que contribuyen de manera negativa a tu vida. Este es el primer paso para poner remedio. Reconocerlos y tomar medidas para distanciarte de ellos es esencial para ti. Unas cuantas señales, por ejemplo, serían:
    - Pasar tiempo con esa persona te hace sentir triste o ansioso.
    - Te critica, te menosprecia o te desanima.
    - Se preocupa solo por sus propios intereses y no muestra interés en los tuyos.
    - Te manipula, te miente o te agrede física o verbalmente.
    - Te anima a hacer cosas que no te hacen bien o no te gustan.

- Notas que estar cerca de esta persona te impide crecer o alcanzar tus metas personales.
- Tenéis valores y creencias fundamentales muy distintas que chocan, y esto causa conflictos constantes entre vosotros.
- Si esa persona constantemente compite contigo, te envidia o trata de tapar tus éxitos.
- Constantemente tu intuición te dice que no es una persona buena para ti.

- ESTABLECE LÍMITES. Establece límites saludables en la medida que puedas con estos referentes. No permitas que sus actitudes hirientes te afecten en exceso.

- RODÉATE DE PERSONAS POSITIVAS. Busca aquellas personas que representan de verdad los valores y cualidades que quieres cultivar en ti mismo, que te inspiren y te den un ejemplo distinto. Si una persona no te representa, no debe tener una posición de referencia en tu vida.

- APRENDE. Incluso estos referentes pueden enseñarte lecciones valiosas. Pregúntate qué puedes aprender de todo aquello que no te gusta para no repetir esos patrones en tu vida.

- DESENGÁNCHATE. No te dejes llevar por las emociones negativas que pueden generar estos referentes. Confía en ti y en tu criterio y no te identifiques con sus actitudes. Aprende a soltarlos si el contacto con ellos es inevitable.

- TEN PRESENTES TUS METAS. Eso te ayudará a mantener el enfoque en lo que realmente quieres para tu vida y te ayudará a no dejarte influenciar por este tipo de referentes.

Sin duda enfrentarlos puede ser un desafío, pero al manejarlos de manera constructiva, podemos aprender de ellos y convertirlos en oportunidades para crecer. **Enfocarte en tu propio desarrollo y rodearte de personas positivas te permitirá alinearte con tus valores y aspiraciones.**

EL CAMINO EN EL crecimiento

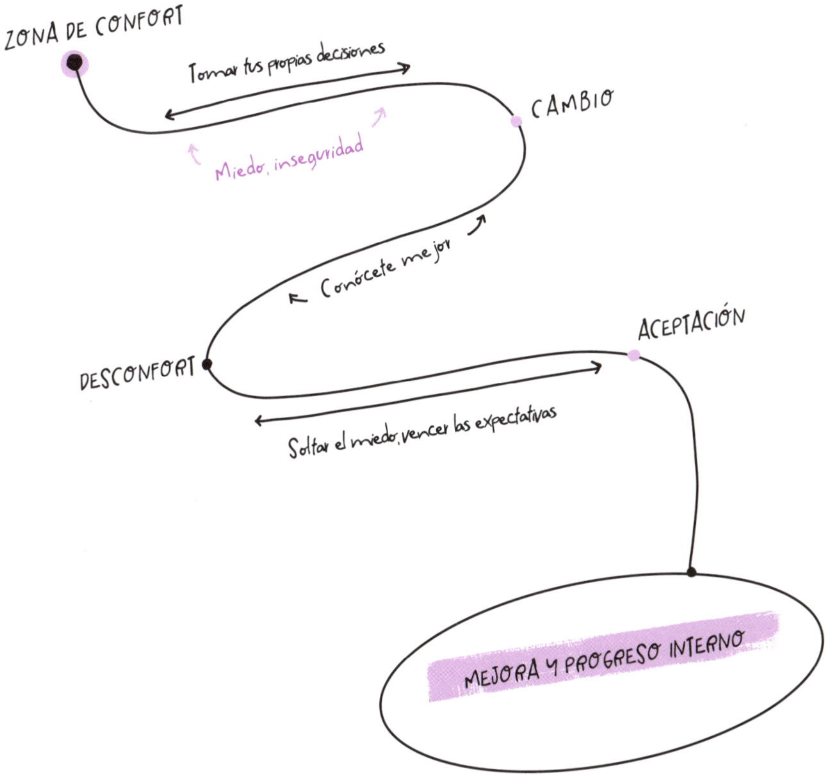

Para terminar…

Os invito

a que hagáis una lista de referentes al lado de la mía, para que compartamos en un mismo espacio todas aquellas personas importantes que han cambiado algo en nosotras. Gracias por hacerme sentir una referente orgullosa.

MIS REFERENTES

- MAMÁ
- PAPÁ
- MI HERMANO
- MIS TÍOS Y TÍAS
- MIS ABUELOS Y ABUELA
- MI PAREJA
- MIS AMIGAS, NO SÉ QUÉ HARÍA SIN ELLAS.
- MIS AMIGOS, TAMBIÉN LO SON TODO PARA MÍ.

TUS REFERENTES

....

....

....

....

....

....

....

....

Los referentes que formen parte de nuestro crecimiento y de las distintas etapas de nuestra vida marcarán nuestras decisiones y nuestra personalidad a lo largo del tiempo. He aprendido que, al final, **los referentes más esenciales que he tenido nunca son aquellas personas que me han defendido y han querido mi bienestar por encima de todo.** En mi caso, los mayores referentes que tengo y tendré son mi familia. Pero eso no significa que los tuyos también tengan que serlo. Eres libre de decidir quién tiene ese papel en tu camino y de ahí la importancia de un referente muy importante que todavía no he mencionado: tú mismo. Si te tienes a ti, elegir a los demás siempre será mucho más fácil.

¡Descubre más en mi podcast *There She Is*!

CAPÍTULO 6

MARIPOSAS

AMIGOS, **la familia que elegimos.** Nos acompañan, nos enseñan, nos guían. Las amistades son probablemente las relaciones afectivas y voluntarias más importantes que estableces, junto con las familiares y las amorosas, claro. Están basadas en la confianza mutua, en el cariño, la sinceridad y el respeto. Son un lazo emocional construido a través del tiempo y caracterizado por **la empatía, el apoyo y la comprensión.** Un amigo de verdad te acepta tal y como eres y está dispuesto a brindarte ayuda siempre que la necesites. Querrá compartir experiencias, emociones y momentos contigo para mantener ese gran vínculo que os unirá durante un tiempo, a veces limitado, a veces eterno.

Esa es, en definitiva, la historia de estas **mariposas.** Una me representa a mí, y la otra a mi mejor amiga Júlia. Una vuela con las alas abiertas, extrovertida, valiente. La otra, con las alas un poco más cerradas, se mantiene firme e imponente, preciosa. Ambas se acompañan y vuelan siempre cerca. Una vez leí que avistar a dos mariposas juntas es un buen presagio; no podía completar mejor el significado de este tatuaje que siempre seremos nosotras.

Las amistades que te hagan compañía durante el camino van a marcar muchos aspectos de ti. Algunas formarán parte de etapas determinadas, otras irán evolucionando con el paso de los años... Es importante que te rodees de personas que te inspiran, que quieren lo mejor para ti y valoran tu amistad. Sentir la reciprocidad es uno de los aspectos más enriquecedores y necesarios en un vínculo entre amigos. **Te invito a escribir sobre tus amistades;** las más duraderas, intensas, recientes, pasadas... ¿qué te han enseñado? ¿Qué es para ti una amistad real y en qué se basa?

Amistades

Durante mi crecimiento y después de haber formado parte de muchas amistades distintas, me he vuelto una persona muy selectiva con mis amigos. **No todo vale en una amistad** y no todo el mundo merece ser tu amigo. A veces es muy difícil exigir lo que merecemos; nos conformamos, nos infravaloramos, incluso a veces nos autoengañamos. ¿Qué define un buen amigo, entonces? En primer lugar, **la confianza y la lealtad.** Saber que podrás contar con esa persona cuando, como y para lo que sea, que te escuchará y respetará. En segundo lugar, **la sinceridad y la empatía.** Será esa persona que siempre te diga las cosas por tu bien y se alegrará genuinamente de tus logros. Se pondrá en tu lugar y dejará a un lado el orgullo y las mentiras. Por último, y no por eso menos importante, **la aceptación incondicional.** Te sentirás aceptado, querido y valorado a su lado. Querrás aprender de él igual que él de ti. En las diferentes etapas de la vida, la amistad evoluciona y se vive de forma muy distinta. Yo las clasifico así:

- AMISTADES DE LA INFANCIA: formadas durante una etapa donde la **inocencia** es protagonista. Pueden perdurar a lo largo de **toda la vida** por la especial conexión que las caracteriza. Son las experiencias, el crecimiento mutuo y los momentos compartidos los que crean este vínculo tan fuerte y duradero. Es fundamental crear estos lazos en la infancia para nuestro **desarrollo emocional.** Nos brindan un sentido de **compañía y apoyo mutuo;** nos permiten aprender a interactuar, negociar y resolver conflictos; nos familiarizan con la empatía, el respeto y la colaboración. Estas amistades también están muy marcadas por el crecimiento conjunto que se experimenta. A medida que vamos **madurando,** adquirimos nuevas habilidades en su compañía y nos desarrollamos física, emocional e intelectualmente.

- AMISTADES DE CALIDAD: son aquellas amistades íntimas y profundas en las que se comparte una gran confianza, pensamientos, **sentimientos y secretos.** Son un apoyo emocional importante y también pueden perdurar a lo largo del tiempo. El vínculo es significativo e íntimo y **la confianza mutua** es un factor muy importante. Con estos amigos **te sentirás cómodo siendo auténtico,** expresando tus **preocupaciones y sentimientos** de manera sincera. Te sentirás acompañado, escuchado y apoyado constantemente por ellos. Celebrarán **tus logros y alegrías** sin envidia y desde la empatía. La **lealtad,** el compromiso y el respeto mutuo también serán valores muy presentes y reforzados en estos lazos.
- AMISTADES DE CANTIDAD: formadas por **la cercanía o la conveniencia** de la situación. Pueden darnos apoyo y compañía, pero suelen ser **más superficiales** y terminarse cuando las circunstancias **cambian.** En ocasiones estas amistades pueden acabar evolucionando a relaciones fuertes y duraderas, pero no es habitual. Forma parte de

la vida aprender que, a veces, alguien que nos acompañaba diariamente puede volverse un **completo desconocido;** los caminos se separan, los intereses cambian… y no es necesariamente algo malo, hay amistades que pasan por nuestra vida para aportarnos durante un tiempo y luego, simplemente**, se van.**

- AMISTADES DE GRUPO: se desarrollan en un contexto grupal en el trabajo, en el colegio, en equipos deportivos… Se comparten intereses y **actividades comunes.** Crean un **sentido de pertenencia** y conexión. Se basan en el compañerismo, el apoyo y la motivación mutua. En estas suelen desempeñarse **roles grupales** y responsabilidades específicas dentro del grupo. Algunos **roles son positivos y otros más negativos.** Estas son las amistades que más nos aportan esa sensación de «formar parte de algo», pero también las que más nos enseñan a **afrontar las decepciones,** traiciones y adversidades en la amistad. Lo más probable es que en un grupo de amigos haya una gran **diversidad de valores**, principios y puntos de vista. Es por eso por lo que, a la hora de la verdad, algunos tomarán unas decisiones y otros, otras.

Es importante tener en cuenta que estos tipos de amistades **no son excluyentes** y normalmente las personas experimentamos muchas de ellas a la vez. Cada amistad es única y tiene su curso natural, no están preestablecidos los aprendizajes que se adquieran ni el tiempo que se alargue. Es cierto que, en todos los casos, son relaciones que necesitan cuidado y mantenimiento.

Muchas amistades se han cruzado por mi camino, algunas más verdaderas que otras. Unas han venido a enseñarme en qué no consiste una amistad. Otras se han quedado para florecer a mi lado y para formar parte de mi **crecimiento,** mis fracasos y mis logros. Sé que nos venden que nos encontramos solos en este mundo tan inmenso y que el único amor al que tenemos que prestar atención es al propio. Nacemos solos y morimos solos, dicen. Pero ¿quién nos acompaña después de nacer y mientras la muerte es solo una idea lejana aparcada en el desván de nuestra mente? Muchas veces la vida se mide en seres queridos. Quien diga que no ha calculado el amor que recibía según el número de personas de su círculo cercano, miente. Es inevitable querer recibir cariño y atención de aquellos que te rodean, en especial de tus amigos. La aceptación que proviene de las amistades es una de las cosas que más refuerzan nuestro sentido de la identidad. Son referentes para nosotros; emocionalmente, profesionalmente..., y nos guían de muchas formas y en muchos aspectos de nuestras vidas. Es por eso que es tan importante elegir buenos amigos. No solo para sentirnos queridos, aceptados y valorados, sino para mantener cerca personas que, si no las tienen ya, estén formando dentro de sí las cualidades y los valores a los que nosotros aspiramos en nuestra mejor versión. **Un amigo es capaz de atizarnos con la más cruda de las verdades, de ofrecernos un hombro en el que llorar, de alegrarnos un mal día y de acompañarnos sin pedir nada a cambio.** Los necesitamos para formar nuestra personalidad, nuestros gustos, nuestro mejor yo. Por eso, cuando una amistad en nuestra vida juega un rol que nos perjudica, puede hacernos mucho daño.

Amigos no tan amigos

A veces tenemos tantos recuerdos, tantas experiencias y un vínculo tan fuerte con alguien, que dejamos en **segundo plano la realidad diaria de esa amistad.** Hay un factor que siempre va a ayudarnos a identificar cuando una relación no nos está haciendo bien: **el dolor.** Ese desequilibrio emocional suele ser un indicador de que algo no va bien. Este dolor se puede manifestar de muchas formas y a veces las alarmas empiezan a sonar progresivamente. Las **decepciones** pueden ser el principio de esa evolución; esas amistades empiezan a dejarte de lado, no se preocupan por ti, tienen gestos que no te hacen sentir bien e incluso parece que actúan como si nada sabiendo que lo que están haciendo no es lo correcto. Otra forma de encontrarte el dolor en estos vínculos es a través de la **crítica,** sobre todo a tus espaldas, recibiendo comentarios por otras fuentes de todo aquello que van contando tus supuestas amistades. Estas acciones en conjunto pueden derivar a una traición que marque un antes y un después en vosotros. Si permitimos que este tipo de acciones se normalicen en este vínculo, corremos el riesgo de caer en un tipo de amistad que puede dañarnos inmensamente. A continuación, os contaré algunas de las formas más recurrentes de manipulación que me he encontrado en mis amistades.

Nadie debería tomar las riendas de tu vida por ti, ni ponerse por delante de tus prioridades. Entra en juego una de las formas más habituales de manipulación, **el chantaje emocional:**

«SI NO VAS CONMIGO, ESTARÉ SOLO Y SERÁ TU CULPA».

No siempre podemos estar en todo lo que nuestros amigos querrían y no es nuestra culpa, es algo natural y sano. Esto me conduce al próximo chantaje:

«SI NO ESTÁS DISPONIBLE SIEMPRE QUE TE NECESITO, ENTONCES NO TE IMPORTO DE VERDAD».

Es importante tener vidas propias e individuales al margen de nuestras relaciones. Tu disponibilidad no define el valor de esa amistad y es necesario respetar las decisiones mutuas desde la empatía.

«SI NUESTRA AMISTAD TERMINA, NUNCA ENCONTRARÁS A NADIE COMO YO».

La amistad no se basa en el miedo a estar solo. Estas amenazas de abandono suelen ser un signo de que esa persona necesita apoyo emocional. Pero no debemos permitir que nos manipulen.

Este **chantaje** puede adoptar distintas formas y expresiones, pero su objetivo en esencia es **controlar** a la otra persona a través de estas amenazas, ya sea mediante exigencias excesivas o juegos mentales. ¿Alguna vez has sentido que el menosprecio y las críticas más duras provenían de una amistad? También es habitual que estos «amigos» te desvaloricen constantemente. Pueden ridiculizar tus logros, burlarse de tus sueños o pisar tu autoestima. Es una de las mayores ***red flags*** que puedes encontrarte en una amistad; permitirles **ensuciar tu discurso interno.** Cuando estos comentarios (hechos desde la envidia o la inseguridad) consiguen colarse en nuestros pensamientos y volverse parte de nuestra realidad, corremos el riesgo de caer en **una baja autoestima,** de experimentar ansiedad, de **perder nuestra identidad** y que todo esto tenga un gran impacto en nuestra **salud mental.**

Y es que no son solo las relaciones de pareja las que pueden ser tóxicas, una amistad también puede serlo.

En estos casos, los principales valores que caracterizan una amistad real **brillan por su ausencia;** la reciprocidad, la empatía y el respeto mutuo. Hay egoísmos, mentiras y traiciones constantes. Pero, si tanto nos perjudican, ¿por qué no huimos de ellas?

En muchas de estas relaciones, desarrollamos **una dependencia emocional desequilibrada,** en la que una de las partes (normalmente la que sufre las manipulaciones) se vuelve muy dependiente de la otra para su bienestar y felicidad. Esta dependencia también suele ser mutua, lo que genera un ciclo del que es muy difícil salir. De golpe, necesitas constantemente la aprobación y atención de esa persona, buscando su reconocimiento. La idea de sentirte lejos de él/ella te provoca pánico y eres capaz de sacrificar tus propias necesidades para mantener esa relación. Tus intereses pasan a estar en **segundo plano,** ya no importa qué te gusta o quién quieres ser; adoptas, sin querer, los valores y comportamientos del otro.

Aunque a veces pueda parecer una zona de confort, no es una base sólida para una amistad saludable. No es respeto hacia ambos ni reciprocidad. ¿Cómo salimos, entonces, de ese círculo vicioso?

EL PRIMER PASO

Darse cuenta de que nos encontramos en una situación de este tipo. A veces reconocer que una amistad que valoramos nos está haciendo más mal que bien es complicado. Pon en una balanza todas esas cosas buenas que te aporta esa amistad y aquellas que no lo son tanto. Para empezar, una amistad de verdad no debería contar con aspectos que nos perjudiquen, pero sé honesto contigo mismo y haz una valoración de los pros y los contras de esta relación.

EL SEGUNDO PASO

Establecer límites saludables en nuestra privacidad, nuestro espacio y nuestras preferencias. Es crucial ir conociendo la toxicidad poco a poco, de forma que podamos reflexionar sobre cómo nos sentimos con esa persona y cómo nos afecta; a partir de esos aprendizajes podremos decidir qué comportamientos no estamos dispuestos a tolerar. Comunícate firmemente; sin miedo a las reacciones del otro.

Ser claro e inflexible con tus decisiones no es un signo de maldad o egoísmo, sino de madurez.

REDUCE EL CONTACTO GRADUALMENTE

Sepárate progresivamente de esa rutina de apego, no quedes tan a menudo con esa persona, reduce el contacto… Esto te permitirá ver las cosas desde otra perspectiva y dejar de sentir poco a poco esta dependencia. Puedes enfocarte en actividades que impliquen conocerte más, que te hagan sentir bien. Recupera tus intereses y dedica tiempo a cuidarte.

CONSIDERA LA POSIBILIDAD DE BUSCAR AYUDA EXTERNA

No tenemos por qué afrontar este proceso solos. Lidiar con este proceso puede ser difícil. La ayuda profesional puede darte herramientas y estrategias para que el proceso sea más ameno. Tu familia y amigos también son importantes para reconfortarte emocionalmente. No te avergüences de la situación, probablemente todos estén dispuestos a escucharte y ayudarte.

¿Qué valoro en una amistad?

La confianza. Sentir que puedo ser yo misma y mostrarme tal y como soy sin miedo.

La empatía. La capacidad de ponerse en mi lugar, mostrar preocupación y comprensión por las cosas que me pasan.

La lealtad. La presencia y disposición, saber que, aunque no esté en mi mejor momento, esa amistad no va a dejarme de lado.

Atención de calidad. Sentir que soy escuchada y que mis problemas se toman en serio, que intentan poner todo de su parte para entenderme y aconsejarme.

Tiempo de calidad. Saber que invierto bien mi tiempo con esa persona, que me suma y me aporta cosas buenas.

Admiración. Felicidad genuina por mis logros y objetivos, una amistad que te anime a alcanzar tu máximo potencial.

Conexión. Ese algo que me hace conectar con la otra persona; entendernos más allá de las palabras.

Compatibilidad. Pasar tiempo juntos, compartir momentos y recuerdos.

Honestidad. Que sean sinceros y honestos conmigo, sobre todo, emocionalmente.

Diversión. Disfrutar la compañía del otro y los momentos juntos.

Asertividad. Expresar mis opiniones, deseos, necesidades y límites de forma clara y respetuosa a la vez que comprendo los del otro.

LAZOS

Mantente cerca de las personas que te hagan feliz,
de aquellos que te entiendan y
te quieran por cómo eres,
por cómo quieres.
Haz que sea una cercanía auténtica
respetuosa,
admirable,
leal.
Deja que te enseñen, te cuiden,
y sentirás,
que estando solo eres muy tú,
y con ellos, mucho más.

I´m so glad I found you.

I´m so glad I found you.

I´m so glad I found you.

Recibir… y dar

A lo largo del capítulo hemos hablado de aquellas cosas que queremos recibir, pero tan importante es recibir en una amistad **como lo es dar**. Antes de exigir nada a los demás, preguntémonos si cumplimos y ofrecemos todo aquello que pedimos en una amistad. Para que las cosas funcionen, deben ser recíprocas, el equilibrio es fundamental.

Estar ahí para tus amigos en los buenos y los malos momentos es algo fácil de decir, pero no tan fácil de llevar a cabo. Esto implica compromiso, implica dejar el orgullo a un lado en algunas ocasiones, brindar apoyo emocional y escuchar sin prejuicios. Algo tan simple como escuchar es una tarea que se complica en un mundo egoísta lleno de estímulos y distracciones. Trabaja esa escucha activa a las personas que te importan, es una de las cosas que más te ayudarán a mejorar **tu empatía** y reforzar vuestra confianza. En ocasiones simplemente necesitamos alguien que nos escuche con atención, aunque no sepa aconsejarnos.

Tenemos que estar dispuestos a pasar tiempo de calidad con nuestros amigos, para conversar, hacer actividades o simplemente **estar presentes** cuando nos necesiten. Ese tiempo reforzará el vínculo y nos enriquecerá individualmente. Fomentar una comunicación abierta y honesta en esos momentos, expresando nuestros pensamientos y sentimientos, también ayudará a mucho nuestras amistades.

En definitiva, es importante **mantener estas bases como fortalezas** y equilibrarlas con nuestras debilidades; no caer en comparaciones y enfocarnos en nuestro crecimiento personal sin dejar de alegrarnos por los éxitos de nuestros amigos. La amistad se basa en el **respeto mutuo,** la aceptación y el apoyo. La conexión genuina y abierta será la que nos permita disfrutar de estas relaciones tan importantes y compartir mucho más que aspectos superficiales.

¿Qué valoras

en tus amigos? ¿Cuáles son tus mejores cualidades como amigo? ¿Hay alguna que debas fortalecer o trabajar?

¿QUÉ OFREZCO EN UNA AMISTAD?

- LEALTAD
- SINCERIDAD
- AMOR
- APOYO MORAL
- CONSEJOS VALIOSOS
- ATENCIÓN
- RESPONSABILIDAD AFECTIVA
- RISAS Y MOMENTOS BUENOS
- TIEMPO DE CALIDAD

AMISTAD =
- RECIPROCIDAD
- RESPETO
- CONFIANZA

¡Descubre más en mi podcast *There She Is*!

CAPÍTULO 7

life is about details

LIFE IS ABOUT DETAILS

CREO QUE LA VIDA se divide en **aquellas personas que saben ver y valorar las pequeñas cosas** y aquellas que no las valoran suficiente o simplemente las pasan por alto. Si eres alguien que se para a pensar en la suerte que tiene, a mirar el cielo cuando el sol se pone o a sonreír por tonterías demasiado insignificantes como para admitirlas en voz alta, eres de mi equipo, de los que valoramos las pequeñas cosas. Apreciar los detalles es una cualidad especial que no todo el mundo tiene y te convierte en alguien **atento, cuidadoso y observador.** Hay tantas cosas pequeñas que sin querer nos hacen felices que en ocasiones vale la pena pararse a pensar y darles importancia. La felicidad a grandes rasgos está bien, es cierto; fantaseamos siempre con la vida perfecta, el trabajo perfecto, la pareja perfecta y olvidamos sin querer lo importante que es lo que tenemos delante en ese preciso momento. Fijarse en los detalles no significa perder de vista tus grandes sueños, sino dar un poco más de importancia a las pequeñas cosas que también son capaces de hacerte inmensamente feliz, y de acercarte a todas tus metas.

Cuando me tatué *la vida va sobre detalles* me refería precisamente a eso; a no pasar por alto las pequeñas cosas que nos cambian el humor, que nos reconfortan y emocionan. Un abrazo que no esperas, ver riendo a alguien que quieres, poder dormir sin alarma, salir a comer a tu sitio favorito... Gestos, acciones y lugares que normalizamos e incluimos en nuestra normalidad sin darnos cuenta de lo afortunados que somos por poder hacerlos, vivirlos, sentirlos.

MIS DETALLES FAVORITOS

(siempre tendrán un lugar en mí)

- Los domingos en familia.
- Cenar con mis amigas y ponernos al día.
- Un viaje de desconexión.
- Veranear en mi sitio favorito.
- Mirarte un ratito de más porque te quiero.
- Sumergirme en el mar y escuchar su silencio.
- Probar sabores nuevos.
- Ponerme guapa para mí.
- Sacar una foto bonita.
- Que me acompañen a casa.
- «Yo te voy a buscar».
- Que una canción me recuerde a ti.
- Que me escuchen con atención.
- «¿Has dormido bien?».
- Que se alegren de mis logros, por pequeños que sean.
- «Ven conmigo/con nosotros».
- Dormir cinco minutitos más.
- La comida de mi madre, de mi tía o de mi abuela.

- «Te echo de menos».
- Romper mis estereotipos sobre algo/alguien.
- «¿Qué tal tu día?».
- «Yo te acompaño».
- Que me preparen el desayuno.
- «Quédate un poquito más».
- Que compartan conmigo.
- Que me quieran sin peros.
- Las duchas frías en verano.
- Las mañanas sin prisa.
- Escuchar música mientras hago cualquier cosa.

Añade aquí

los tuyos también a modo de recordatorio, para tenerlos presentes:

....

....

....

....

....

Resiliencia

La importancia de dar valor a las cosas pequeñas que la vida nos da es inmensa, sobre todo teniendo en cuenta lo mucho que puede cambiar nuestra perspectiva.

Cuando atravesamos un mal momento es fácil dejar de ver las cosas de forma positiva.

Sientes que todo te cuesta más, que tus ganas de hacer lo que antes disfrutabas disminuyen y, progresivamente, se apaga tu ilusión. Es normal que en nuestros puntos bajos nos centremos en los problemas y las preocupaciones que estos comportan, pero ser una persona que valore las pequeñas cosas te va a dar **equilibrio.** Gestos, acciones y momentos como los que antes hemos mencionado pueden conectarte con el presente y recordarte instantáneamente que, a pesar de las dificultades, **siempre tenemos razones por las que seguir.** Las pequeñas cosas son recordatorios de que la vida sigue su curso y de que somos personas afortunadas, aunque tengamos nuestros malos momentos. Cambiar la perspectiva es un recurso muy útil, no solo para gestionar una dificultad, sino también para convertirte en alguien más positivo y feliz. Es algo que se consigue simplemente ampliando un poco nuestro campo visual y dándonos cuenta de que hay muchas razones por las que vale la pena ser positivos. Hacerlo es algo progresivo, no empezarás a ver todo de rosa como por arte de magia. Es una mentalidad consciente que tienes que adoptar; te vuelves más capaz de encontrar soluciones, de animarte a ti mismo y de enfrentar tus retos con mayor resiliencia.

La **resiliencia** es una habilidad que, por suerte, podemos fortalecer. Es un proceso que **consiste en adaptarse a la adversidad** o, dicho de otra forma, a las cosas que nos pasan. Al cambiar nuestra perspectiva y teniendo presente el valor de los pequeños detalles, entrenamos nuestra mente para encontrar la gratitud en ellos. Y esto me lleva a uno de los puntos más importantes; sentirte agradecido con estos detalles es una de las sensaciones que más llenan. Te convertirás sin darte cuenta en alguien que afronte sus desafíos como una oportunidad de crecimiento y no como un obstáculo imposible.

Son una importante conexión con el presente que nos recuerda lo que tenemos, lo afortunados que somos y la importancia de cuidar estas pequeñas cosas. Nos brindan un respiro, recargan nuestras energías y nos hacen sentir que de alguna forma **todo va a estar bien.**

FELIZ CON POCO

Quiero un abrazo,
el de mi madre o el de mi abuela,
el de mi padre y el de mi hermano.
Un beso tuyo de despedida,
porque tal vez sea el último.

Quiero dejar pasar los días en verano,
que septiembre me pille desprevenida,
compartir contigo el vaso,
y bañarme bajo la luna.

Pasar la tarde con mis amigas,
arreglar charlando el mundo tan roto,
y reparar nuestros corazones con un «tía, ya está».

Que al despertarme siga a tu lado,
sentir que entra un viento helado,
y que es muy pronto todavía para desayunar.

Perdámonos, cuidémonos,
olvidemos por un segundo todo lo demás.

Lo poco que me des, será mucho para mí,
Y espero que mi poco sea tu mucho también.

Vivir el ahora en el mundo del mañana

Siento que vivimos en una sociedad en la que es una tarea difícil darle protagonismo a las pequeñas cosas que realmente importan. Tengo la sensación de que siempre estamos pensando en el mañana y **olvidamos la importancia que tiene todo aquello que tenemos hoy.** Todo va muy deprisa y parece que nada es suficiente. No nos enseñan a prestar atención plena y consciente al momento presente, sin juzgarlo ni tratar de cambiarlo, pero hay una práctica que consiste precisamente en eso y es el **mindfulness.**

El objetivo principal de esta práctica (tal y como yo lo entiendo) es desarrollar una mayor conciencia de nuestros pensamientos, emociones y del entorno que nos rodea. Aprendes a escuchar tus pensamientos y emociones sin reaccionar de manera automática. ¿Cuándo fue la última vez que te diste tu tiempo para comer sin distracciones o que paseaste sin estar centrado/a en la pantalla del teléfono?

El mindfulness también puede aplicarse a estas pequeñas actividades diarias, realizándolas con plena atención y consciencia. Es, en definitiva, **una manera de cultivar pequeñas costumbres conscientes que en su conjunto mejoran nuestra vida.** Esto nos beneficia a nivel de bienestar, mejora nuestra atención y concentración activa. Nos permitirá apreciar las pequeñas cosas con mayor intensidad y profundidad, ya que las estaremos disfrutando en el momento plenamente.

Otra forma de practicarlo, por ejemplo, es la **meditación**. Al principio suena un poco abstracto, pero os recomiendo inmensamente que probéis a dedicarle unos minutos al día. Mi forma favorita de meditar es sentándome en un lugar tranquilo y cerrando los ojos. Me concentro únicamente en mi respiración y relajo todo mi cuerpo. Cuando mi mente empieza a dispersarse, trato de mantenerla atenta a mi respiración.

UNO DE LOS ASPECTOS
EN LOS QUE MÁS ME HA AYUDADO
LA MEDITACIÓN ES EN APRENDER
A ESCUCHAR MI CUERPO
Y A CONCENTRAR MI ENERGÍA.

Me aporta calma y me ayuda a menguar la ansiedad en momentos en los que siento que no puedo más. Os quiero contar dos anécdotas en las que la meditación fue de gran ayuda.

Junio, época de exámenes finales en la universidad, estaba desbordada y nerviosa. Recibo, mientras estoy en la biblioteca estudiando, una llamada de mi autoescuela, comunicándome que mi examen de conducir se iba a aplazar, hubo un error informático y no tenía arreglo. Las fechas coincidían con mis exámenes finales y me derrumbé. Por suerte, mi último examen era un jueves y la prueba de conducción el viernes. El jueves por la tarde hice dos horas de prácticas y el viernes por la mañana otras dos. Después de mi última práctica antes del examen, los nervios pudieron conmigo. Fui a casa a ganar un poco de tiempo (porque todavía quedaban unas horas para el examen) y me senté en el sofá. Necesitaba calmar esa angustia de alguna forma, así que decidí poner una música relajante de fondo y cerré los ojos. Estuve diez minutos centrada en mis respiraciones, canalizando mi energía en aprobarlo y pensando en positivo. Aprobé ese examen y la meditación tuvo mucho que ver; me ayudó a desprenderme de la presión, de los nervios y a centrarme en mi objetivo en vez de en todos aquellos pensamientos negativos que llenaban mi cabeza.

La segunda anécdota también tiene que ver con mis exámenes, la verdad; son momentos en los que mis nervios y emociones están a flor de piel. Al día siguiente tenía una prueba final de la asignatura más difícil de todas. Ya la había suspendido el año anterior (cosa que no me había pasado nunca) y aunque esta vez mis amigas y yo la habíamos preparado exhaustivamente, no las tenías todas conmigo. Recuerdo que hasta me salió una reacción en la cara y tuve dolor de barriga durante dos días. Esa tarde no sabía qué más hacer. Lo cierto es que llevaba el examen más que controlado, pero en estos momentos de presión, la mente nos juega malas pasadas. Me senté en mi cama (entre lágrimas) y puse, de nuevo, música relajante. Poco a poco me fui sintiendo más tranquila, cerré los ojos y relativicé la situación. Mientras respiraba, pensé en todo el esfuerzo que había hecho para sacar adelante esa asignatura y me consolé diciéndome que era más que capaz de aprobarla. Respiré hondo y me calmé. No sé si fue una señal de la vida, pero mi novio vino a mi casa diez minutos después. Parece de cuento, pero me trajo flores, me dio fuerzas y cenamos todos juntos, mi familia y la suya. Olvidé por completo los nervios del examen, ya no sentía esa presión tan inmensa en el pecho y además me llevé dos lecciones:

LA PRIMERA. CONFIAR EN MÍ MISMA EN MIS MEJORES MOMENTOS ES IMPORTANTE, PERO EN MIS PEORES ME NECESITO MÁS QUE NUNCA.

Cuando me calmé a mí misma y me di fuerzas, hice un gran trabajo interno. No solo porque conseguí ver la dificultad desde otra perspectiva, sino porque me demostré que, aunque el miedo no se había ido, no iba a permitir que me dominara.

LA SEGUNDA. NO TIENES QUE PASAR ESA ANGUSTIA SOLO.

Las personas que te quieren de verdad están cuando las necesitas y son capaces de hacerte creer en ti y calmar tus miedos. Aprobé ese examen, con buena nota. Y además me llevé esas dos lecciones tan valiosas.

Es por eso por lo que considero que es tan esencial dar importancia a las lecciones que la vida esconde entre todo aquello que nos pasa. Si además te conviertes en alguien que entrena estas habilidades y es consciente de lo mucho que pueden ayudarle, será para ti una herramienta de crecimiento y mejora muy valiosa.

En un mundo que a menudo nos empuja a centrarnos en el futuro y a dar poco valor a las pequeñas cosas del presente, el mindfulness es un gran aliado. Nos mantiene plenamente presentes, nos ayuda a escuchar nuestros pensamientos y emociones. Mis experiencias me han demostrado que las lecciones valiosas se esconden en los momentos difíciles. Al confiar en ti mismo en tus peores momentos y buscar el apoyo de los que te rodean, puedes superar cualquier obstáculo. La vida nos brinda oportunidades para crecer y mejorar, y el mindfulness puede ser una herramienta poderosa para aprovecharlas.

I FALL
IN LOVE
WITH THE
DETAILS.

Agradecer las pequeñas cosas

Ser una persona agradecida con estos detalles, tal y como os he contado, es una forma muy buena de cultivar gratitud y de sentirse lleno. El primer paso para hacerlo, tal y como he mencionado, es ser consciente de estos. Prestar atención a todas aquellas cosas que a menudo se pasan por alto; un gesto, una canción, un olor… Sin embargo, hay otras formas de practicar el agradecimiento respecto a estos detalles que utilizo y me parecen esenciales.

Una de las más importantes me parece verbalizarlos. Expresar verbalmente qué ha significado para ti ese detalle, sea directamente con la persona que te lo ha brindado o en voz alta para ti mismo. Agradece los pequeños gestos, la ayuda que no se exige, ese trocito de comida que han compartido contigo, cualquier cosa que creas que merece ser reconocida. Al expresarlo con palabras estás haciendo más real ese reconocimiento.

Escribe lo que te transmiten. **Plasma todas aquellas pequeñas cosas que te hacen sentir agradecido,** incluso si te apetece compártelas con aquellas personas que hayan vivido ese momento contigo. Esos escritos no solo tienen un amplio significado para ti, sino que también lo tendrán para la persona que los oiga o los reciba.

COSAS QUE ME HACEN SENTIR

muy agradecida:

Ver felices a las personas que quiero, tener tiempo para mí, dar sin esperar recibir nada a cambio, compartir momentos con mis amigas, un buen libro que me enganche, conseguir lo que me propongo, un momento de paz en medio del caos, la salud, un abrazo cuando menos lo espero, un atardecer bonito, comer lo que me gusta, ser amable con alguien y que lo sean conmigo, bailar, cantar, escribir...

¡Ahora tú!

Relacionado con la escritura también os recomiendo mucho el hábito de tener **un diario de gratitud,** en el que cada día relatéis las pequeñas cosas por las que os sentís afortunados o que os han alegrado el día. Consiste en tener un pequeño diario en blanco en el que puedas ir escribiendo día a día las cosas que te pasan y que agradeces; puede ser desde el suceso más simple al más impactante. Es un ejercicio que cambiará mucho tu mente y tu perspectiva sobre lo que te ocurre. A mí me ha ayudado mucho a ser más consciente de mi presente y a tener más en cuenta aquellas cosas que antes a lo mejor pasaba por alto. Si empezáis con esta práctica os daréis cuenta rápidamente de que todos tenemos muchos motivos por los que agradecer.

LISTA DE TEMAS PARA UN DIARIO de gratitud:

- **¿Cuál es el mejor favor que te han hecho?**
- **Escribe sobre algo que te guste hacer y explica por qué.**
- **Escribe sobre esa persona en la que más confías.**
- **¿Cuándo fue la última vez que te reíste a carcajadas?**
- **¿Cuál es tu estación del año favorita? ¿Por qué?**
- **Escribe sobre ese lugar en el que sientes paz.**

En último lugar, también me parece esencial convertirte en una persona que tenga estos gestos y detalles con las personas. Sé atento, escucha, ten gestos amables con las personas que quieres sin esperar nada a cambio. Son estos gestos los que hacen que la vida sea tan significativa y bonita.

Radiate positivity.

LA TABLA DE LAS PEQUEÑAS COSAS

A continuación, te dejo esta tabla para que la rellenes de tus pequeñas cosas favoritas. Es importante que las tengas presentes y te animo a volver a esta página para recordarlas de vez en cuando. Si alguna vez olvidas aquellas cosas que de verdad conservan tu felicidad y agradecimiento, vuelve a leer esta tabla.

Una frase con un significado importante

....

Un gesto involuntario que te haga sonreír

....

Tu momento favorito del día

....

Una actividad que solo compartirías con alguien especial

....

Algo que siempre te diga tu familia

....

Una forma de decir «te quiero» sin decirlo

....

Aquello que más consigue calmar tus nervios

....

El último pequeño gesto que has tenido con alguien

....

¡Descubre más en mi podcast *There She Is*!

CAPÍTULO 8

222

¿NUNCA OS HA PASADO que habéis llegado a creer tanto en algo durante un periodo de vuestra vida que se ha acabado haciendo realidad? Cuando era pequeña, proyectaba y pensaba constantemente en mi yo del futuro; esa yo que cumpliría todos y cada uno de sus sueños, que tendría un trabajo, iría a la universidad, viajaría por el mundo…, y cuando me quise dar cuenta, ya me había convertido en esa «yo». Eso me hizo pensar en todo el tiempo que llevaba queriendo que sucedieran todos estos acontecimientos y reflexionar sobre ello. ¿Tendría algo que ver con que me hubiera acabado sucediendo en la vida real? Así acabé interesándome por ello y descubriendo la manifestación y la ley de la atracción.

Como yo la entiendo, la **ley de la atracción** es un concepto que se basa en creer que nuestros pensamientos y emociones pueden influir en nuestra realidad. Consiste en plantear en tu mente una meta que quieras conseguir con todas tus fuerzas y creer que es una realidad mientras haces pequeñas acciones que te acercan a ella hasta que la atraes y sucede. La **manifestación,** en cambio, es un concepto que está dentro del contexto de la ley de atracción. Es el proceso de cumplir tus sueños, deseos o metas a través de tus pensamientos, tu intención y tu enfoque. Al igual que en la ley de la atracción, la idea detrás de manifestar es creer que nuestros pensamientos y emociones pueden influir en las cosas que nos pasan. Al enfocarnos en lo que queremos y visualizarlo, estamos alineando nuestra energía con el objetivo y atrayéndolo inevitablemente. 222

Hay muchísimas teorías y planteamientos sobre esta práctica y quiero remarcar que yo no me respaldo en ninguna base teórica. Aun así, mi experiencia me ha demostrado que es una práctica muy efectiva para influir en mis acciones y actitudes.

Desde que la manifestación y la atracción se han convertido en algo habitual en mi vida, confío mucho más en mi instinto y en el lugar en el que la vida me pone a cada momento. Siento que todo lo que me pasa tiene un motivo, y es por eso por lo que decidí plasmarlo en mi piel. Mi tatuaje «222» representa una combinación de cifras (llamadas **números angelicales**) que significa que estoy en el lugar indicado y en el momento indicado. Se trata de secuencias numéricas específicas y se cree que llevan consigo mensajes y significados espirituales. Según la creencia, son señales enviadas por fuerzas angelicales o espirituales para comunicarse con las personas y darles orientación, apoyo o consejo. La interpretación de cada número angelical puede variar, pero en mi caso quise darle el significado que os cuento. Plasmarlo en mi piel es una forma de manifestar y recordarme a mí misma que **siempre estoy en el momento y el lugar en el que tengo que estar,** para no olvidar lo que me ha traído hasta aquí y que lo que vendrá es para mí y es justo lo que necesito (aunque a veces me saque de mi zona de confort).

Si todo esto es algo nuevo para ti o estas profundizando en ello desde otra perspectiva, te propongo un ejercicio que yo hago cada cierto tiempo; **describe a tu mejor versión.** Consiste en describirte a ti mismo/a en presente y desde el punto de vista de una persona ajena a ti, que te está observando. **Pero lo más importante es que te describas como si**

ya te hubieras convertido en esa persona que aspiras ser. Describe cómo es tu personalidad, cuáles son tus objetivos, qué haces en tu día a día, cómo es tu rutina… detalla quién es esa persona.

POR EJEMPLO, ESTA ES LA PERSONA A LA QUE YO ASPIRO SER.

Martina es una chica feliz y segura de sí misma. Se levanta todos los días motivada y contenta. Organiza su tiempo con eficacia y mantiene una rutina equilibrada. Le encanta estar con las personas que quiere durante el día y las ve a menudo. Además de invertir tiempo en ellos, también lo invierte en su trabajo y en viajar, cosa que le encanta. Tiene un podcast al que dedica muchas horas y por el que recibe siempre muy buenos comentarios. A veces sale a la calle y encuentra su libro por los escaparates y en las manos de alguna persona en el tren y se siente muy agradecida de que la lean. Es amable y respetuosa, tanto como le gustaría que lo fueran con ella. Es trabajadora y cumple sus objetivos con el esfuerzo y dedicación que la caracterizan. También es muy soñadora y creativa, tanto que está constantemente llena de ideas que revolotean por su cabeza. Le gusta pasar tiempo consigo misma, y no teme a la soledad, le ayuda a poner en orden sus emociones y le aporta calma. Su cabezonería a veces la traiciona, pero aprende de sus errores. Cada día lucha por estar un poquito más cerca de esa mejor versión de ella misma en la que tanto está trabajando por ser.

222

Formas y más formas, ¡depende de ti!

La manifestación es una práctica que hago en solitario y un momento que me tomo para mí misma; reflexiono, proyecto mis pensamientos y me permito sentir. No sé muy bien porqué empecé a hacerlo, de repente tenía la necesidad de plasmar mis deseos, de tenerlos muy presentes. Cuanto más lo hacía, más cerca me sentía de ellos y más se cumplían, así que decidí convertirlo en una práctica recurrente en mi vida. Aunque hay muchas formas diferentes de hacerlo, creo que lo esencial es adaptarlo a tu forma de ser y acabar modificándolo hasta que se ajuste por completo a lo que necesitas. Yo tengo varias maneras de hacerlo, dependiendo de cómo me sienta o de lo que quiera proyectar en ese momento.

MANIFESTACIÓN IMPULSIVA

Es aquella que normalmente practico casi de forma involuntaria, cuando un pensamiento invade mi mente; una meta a corto plazo, un objetivo que quiero conseguir, un deseo... Normalmente son cosas relacionadas con sucesos muy recientes de mi vida. Por poneros un ejemplo, imaginad que estoy manteniendo una conversación con alguien y menciona un destino al que quiero viajar. Automáticamente el deseo de visitar ese sitio invade mi mente y se convierte en un objetivo más presente (aunque ya estuviera de alguna forma entre mis pensamientos). Cuando esa conversación termina y tengo un momento para mí misma, valoro si de verdad es algo que quiero cumplir o ha sido un impulso pasajero. Si siento que de verdad es para mí, entonces encuentro el primer sitio donde puedo plasmarlo (notas del teléfono, una libreta, un post-it) y lo escribo. Dejo constancia de que ese objetivo ha aparecido en mi mente. Suelo escribirlo desarrollando la situación un poquito; en este caso, escribiría que he conversado con esa persona y los sentimientos que hablar de ese lugar han despertado en mí, por qué quiero viajar a ese sitio, en qué momento de mi vida me visualizo haciéndolo...

POR EJEMPLO, ESTO SERÍA LO QUE YO ESCRIBIRÍA.

> **El otro día me encontré con un amigo del colegio en el tren y me dijo que acaba de volver de un viaje por Japón con su pareja. En seguida tuve la certeza de que es un país que necesito visitar, su cultura siempre me ha llamado mucho la atención y creo que el momento perfecto para conocerlo se acerca... ¿Tal vez la próxima primavera cuando estén los cerezos en flor?**

Ahora te toca a ti

Seguro que leyendo esto te ha venido a la cabeza un lugar que visitar o una actividad para hacer, algo fugaz, pero que sientas con mucha fuerza. Siguiendo el ejemplo que te propongo arriba, escribe tu propia versión con lo que se te haya pasado por la cabeza. ¿Qué conclusión sacas? ¿Es un impulso pasajero o algo que quieres conseguir de verdad?

Este tipo de pensamientos que brotan inesperadamente en mi interior me despiertan unas ganas muy fuertes de inmortalizarlos y por eso lo hago, creo que aparecen por alguna razón y que no debo ignorarlos. Por eso llamo así a mi primera forma (y más espontánea) de manifestar. Viene acompañada de estos momentos en los que un pensamiento, objetivo o idea toman protagonismo en mi cabeza de tal forma que no puedo ignorarlos. Seguro que alguna vez os ha ocurrido algo similar y me entenderéis si os digo que es fácil distinguir estos pensamientos de las demás ideas fugaces. Sientes que de alguna forma te están llamando, que son para ti, y mi estrategia inmediata para atraerlos es escribir sobre ellos. Es cierto que tal vez esta forma de manifestar sea a mi parecer la menos precisa en comparación a las demás, ya que es más espontánea e inesperada, pero eso no significa que no tenga efectividad. A mí me sirve muchísimo para ordenar mis objetivos, saber qué posición ocupan en mis preferencias y tenerlos más presentes. Me ha ocurrido en más de una ocasión proyectar un pensamiento siguiendo este patrón, dejarlo ahí y luego reencontrarme con él en otro momento en el que cobra sentido y se vuelve realidad.

Os quiero contar una experiencia muy personal que me hace pensar en cómo la manifestación impulsiva sucede en mi vida. Había algo que hacía tiempo que rondaba por mi cabeza, pero no acabó de tener forma hasta que lo manifesté:

Coachella era una experiencia que tenía muchas ganas de vivir. Amo la música y no hay nada que me emocione más que ver a mis artistas favoritos en directo. El año anterior había visto desde casa como mis compañeros del sector asistían al festival y en mi mente apareció ese pensamiento fugaz. Quería vivirlo en mi propia piel aun sabiendo que era un objetivo lejano. Los meses pasaron y ocurrieron algunas señales que me acercaron un poco más a esta meta *Hay que estar muy atento a las señales, apuntadlo ;)*. Tenía, de repente, un canal a través del cual era posible conseguir esa oportunidad. Sin embargo, la cosa seguía en el aire, nada era seguro. Cuando anunciaron la cartelera del festival y encabezándola estaba mi cantante favorito, lo supe. Algo me dijo «vas a ir, sé paciente», incluso se lo conté emocionada a mi familia y a algunos amigos.

El tiempo seguía pasando y la oportunidad no se daba. Aun así, yo seguía creyendo en que era mi momento, no podía ser casualidad que en el mismo año en que el objetivo había crecido en mi interior, mi cantante favorito fuera a actuar. Involuntariamente manifesté que sucediera durante mucho tiempo. Dos semanas antes del festival, cuando parecía que ya no iba a suceder, recibí la llamada. Fue totalmente inesperado y mi mente estaba en otro sitio, pero ocurrió. Se había hecho realidad y no podía creerlo. Me sentí inmensamente agradecida y escribí sobre ese agradecimiento, sobre lo mucho que había esperado esa oportunidad y una vez la viví, la disfruté como una niña. Son estas cosas las que me hacen confiar siempre en mi energía y en mi intuición.

MANIFESTACIÓN POR ETAPAS

En este caso, se trata de una manifestación mucho más tranquila, con un ritmo y una atmósfera de calma y concentración. Son aquellos momentos en los que me dedico a plantear mi situación a largo plazo y proyecto todas aquellas cosas que me gustaría conseguir en los próximos meses o en el próximo año, por ejemplo. Suelo practicarla cuando llegan épocas que a mi parecer son puntos de inflexión: el verano, año nuevo, una nueva etapa de mi vida... Mi mente y mi corazón se ponen de acuerdo para ordenar mis objetivos.

Tal y como yo lo hago, consiste en escribirte una carta a ti mismo. En primer lugar, agradeces y explicas todas aquellas cosas que te han ayudado o te han hecho crecer en esta última etapa. Cuentas las experiencias buenas, las malas, y agradeces los aprendizajes que te han brindado. Es importante describir también qué tipo de persona has sido durante ese periodo de tiempo, cómo has actuado con tu alrededor o contigo misma. Escribe sobre las personas que te han acompañado, lo que te han aportado, los puntos de inflexión que has tenido y cualquier punto destacable que creas que ha sido significativo en ti. Es importante agradecer lo bueno y lo malo, ya que ambas partes nos hacen crecer y mejorar.

En segundo lugar, la carta amplía la perspectiva hacia el futuro. Describe cómo proyectas esta etapa que vendrá, los 222 logros que quieres conseguir. Es importante que expreses con detalle todo lo que esperas del futuro y por qué. Explica también qué tipo de persona serás cuando todo esto pase, cuáles serán tus prioridades y compromisos contigo mismo. Esta última parte es muy importante, ya que el trabajo personal y el compromiso individual influyen muchísimo en los sucesos de nuestra vida y pueden ser determinantes para que todo esto pase. Sé sincero y realista contigo y escribe lo que te gustaría conseguir proponiéndote todo aquello que harás para lograrlo.

LA CARTA, ENTONCES, SEGUIRÍA EL SIGUIENTE ESQUEMA:

- INTRODUCCIÓN breve situando en espacio tiempo; expresa en qué momento estás y qué periodo agradeces. «El último año ha sido increíble (…)», «El verano me ha enseñado muchas cosas (…)».

- AGRADECIMIENTO y explicación de todas las experiencias y logros que has tenido en ese periodo. Cómo has sido y/o actuado y los detalles que para ti sean significativos.

- PERSPECTIVA HACIA EL FUTURO. Proyectar la etapa siguiente, los cambios que esperas, los objetivos que quieras cumplir, explicando a la vez cómo actuarás para conseguir todo lo que te propones.

- Por último, una REFLEXIÓN FINAL de los aprendizajes que has adquirido y un agradecimiento que cierre la carta.

Una vez hayas completado el proceso, te aconsejo que leas la carta una vez para ser consciente de todo lo que ha venido y todo lo que vendrá. Es muy gratificante volcar todas esas vivencias y emociones para luego leerlas y darte cuenta de lo importante que es ordenar tus aprendizajes y definir tus prioridades de cara al futuro. Es importante que, cuando manifiestes, tengas en cuenta que no se trata de una práctica mágica que hará que tus deseos se cumplan tal y como tú quieres. Más bien es un ejercicio que te permite convertirte en una mejor versión, tener claros tus objetivos y ser consciente de las acciones que tienes que tomar para llegar a ellos. También te permite agradecer y proyectar de una forma positiva todas las cosas que te pasan y tienen un impacto en tu realidad. Ese conjunto de factores es lo que para mí favorece de verdad que todos esos sucesos se acaben dando en tu vida **en el momento adecuado.**

Querida yo:

Las cosas han cambiado mucho en esta última etapa y es por eso que siento la necesidad de proyectar cómo quiero que sean las cosas a partir de ahora. Estoy en un punto crucial de mi vida y es importante para mí tomarme un tiempo para agradecer y proyectar mis sueños y metas. En primer lugar, quiero mirar hacia atrás y reflexionar sobre el último año. Ha sido un período increíble lleno de altibajos, desafíos y oportunidades que me han ayudado a crecer. Agradezco todas las experiencias que he vivido, tanto las buenas como las malas, ya que cada una de ellas ha contribuido a mi crecimiento. He aprendido valiosas lecciones y me he convertido en una persona más fuerte.

**Reflexiona sobre los aprendizajes que has adquirido hasta ahora. Cada experiencia, ya sea positiva o negativa, ha sido una oportunidad para crecer y aprender. Agradece por todas ellas, ya que te han llevado hasta aquí y desarrolla aquellas que te hayan marcado más*

He compartido momentos significativos con personas importantes, y sus influencias en mi vida no pasan por alto. Agradezco a aquellas personas que me han apoyado, me han desafiado y me han ayudado a convertirme en quien soy hoy.

**Piensa en aquellos puntos de inflexión que has experimentado y cómo han moldeado tu perspectiva y tu realidad.*

Ahora, vuelvo mi atención hacia el futuro. Imagino la próxima etapa de mi vida con detalle. En esta parte de la carta, te recomiendo que incluyas lo siguiente:

- ¿Qué logros deseas alcanzar en los próximos meses o el próximo año?
- ¿Qué cambios esperas ver en tu vida?
- Explica tus objetivos con claridad y profundidad. No tengas miedo de soñar

en grande. Además, es crucial que describas cómo planeas lograr estos objetivos. ¿Qué acciones tomarás? ¿Cuáles serán tus prioridades? Comprométete contigo mismo a trabajar diligentemente para alcanzar estos sueños y metas.

Concluye esta carta con un agradecimiento sincero por todo lo que has experimentado y por todo lo que está por venir. Una vez que hayas completado esta carta de manifestación, tómate un momento para releerla. Observa cómo has evolucionado y cómo estás comprometido con tu futuro. Recuerda que esta carta es un recordatorio constante de tus objetivos y de la persona en la que te estás convirtiendo. Da las gracias en último lugar y fírmala.

Escribe tu propia carta

de manifestación por etapas.

MANIFESTACIÓN BREVE

Es un estilo de manifestar que sigo más cuando me ha ocurrido un suceso en concreto que me ha marcado de alguna forma y me inspira a escuchar a mi intuición, a visualizar y a proyectar en positivo. En este caso, escribo sobre aquello que ha pasado teniendo en cuenta los detalles importantes y explico en un formato de lista todas esas cosas que han inspirado ese acontecimiento, manifestando su presencia en mi vida. Este sería un ejemplo real:

«Viajar a Nueva York ha sido una de las experiencias más especiales e increíbles de mi vida. Me siento inmensamente agradecida por todo lo que me ha aportado, por haber podido disfrutarlo con las personas que más quiero y por haber cumplido mis veintiún años allí. Ha sido algo irrepetible, mágico.

> *Viajes en familia – quiero tener la suerte de poder viajar con mi familia más veces y seguir conservando esos recuerdos juntos. Nos unen, nos enseñan y fortalecen nuestra convivencia. Conservar esas oportunidades, aunque no impliquen viajar muy lejos, es un ejercicio que nos mantiene unidos y tiene mucha importancia para mí.*
>
> *Descubrir nuevas ciudades – es un privilegio poder adentrarte en culturas tan distintas y en*

ciudades tan emblemáticas. Es una prioridad en mi vida que quiero mantener para seguir aprendiendo, conociendo y descubriendo.

Valorar lo que tengo en casa – viajando eres consciente de lo distinta que es la vida del resto del mundo. Somos afortunados de que nuestras condiciones de vida nos permitan tener el amor de la familia, un lugar seguro al que llamar hogar, la oportunidad de crecer libremente, de formarnos y convertirnos en quien queramos ser. No todo el mundo disfruta de ese privilegio y es digno de considerar.

Volver a Nueva York – quiero disfrutar más veces de la ciudad, ya que me quedan millones de cosas por explorar y conocer. Sé que visitarla en distintos contextos me aportará aprendizajes y momentos preciosos. Quiero disfrutarla de distintas formas».

Este sería un breve ejemplo de esta forma de manifestar; explicando un suceso y desarrollando los puntos que inspira. Es muy útil para extraer todo lo que significativamente ha aportado en ti esa experiencia y para reflexionar sobre cómo vas a asimilarla para tenerla en cuenta los próximos años. Puede ocurrirte con un viaje, con una ruptura, con un suceso inesperado, con cualquier acontecimiento que impacte en tu persona. Si sientes que necesitas extraer y plasmar qué ha aportado en ti, no lo dudes.

COSAS QUE TENER EN CUENTA A LA HORA DE MANIFESTAR

EXTERIORIZAR LAS MANIFESTACIONES

Cuando manifiesto, no es habitual que lo exteriorice. Lo hago en contadas ocasiones en las que algo me hace mucha ilusión y solo a mi familia y seres más cercanos, porque contarlo a muchas personas puede atraer a la envidia. Quiero mantener mis aspiraciones limpias de malas energías y no atraer lo negativo, así que me las quedo para mí hasta que suceden.

¿ES EL MOMENTO ADECUADO?

La manifestación también es una forma de darnos cuenta de que, a veces, algunas aspiraciones o sueños que tenemos no se cumplen, y está bien. A veces no es el momento o incluso llegamos a alcanzar la meta y no nos gratifica tanto como esperábamos. Escribir sobre ello nos ayuda a darnos cuenta de lo mucho que hemos aprendido en el proceso y lo que nos ha aportado. Hay que valorar mucho también todo aquello que no nos pasa.

Uno de los momentos más significativos para mí en los últimos años fue cuando empecé a intentar adentrarme en la industria musical. Yo siempre he sentido muchísima pasión e interés por la música, y desde muy pequeña he tocado instrumentos, cantado y desarrollado muchas habilidades relacionadas con el mundo de la música. Hubo un momento en mi vida en que me surgió la oportunidad de empezar a cantar e iniciar un proyecto musical y quise probar. ¿Por qué no? La música para mí era y es un refugio, así que me lancé. Al principio las cosas pintaban bien, conocí al equipo, me desplacé más de una vez lejos de casa para grabar en un estudio, escribir, producir. Descubrí mil sensaciones que hasta ahora no había vivido. Por un momento todo en mi vida se enfocó en la música. Es cierto que yo tenía otras facetas de mi vida que quería conservar; mis estudios, mi trabajo, mi vida en casa..., pero estaba dispuesta a apostar por la música combinando ambas partes de mi vida.

Hay ocasiones en las que estas experimentando una nueva sensación y la vives intensamente; tiene una parte bonita, motivadora, parece incluso que estás soñando. En ocasiones esa intensidad nubla nuestra perspectiva y nos hace ser menos objetivos. Cuando reflexionas profundamente y escuchas tus pensamientos te encuentras con una pequeña voz que hace que inspecciones lo sucedido de una forma más exhaustiva. A veces esa voz sale de dentro sin que la llames y otras te despierta una persona que te quiere y busca lo mejor para ti. En mi caso, ambas cosas sucedieron. Yo misma me di cuenta de que no era una situación tan idílica, estaba haciendo lo que me gustaba, pero no me sentía del todo llena. Y eso es frustrante.

Con la ayuda de las personas que me querían y de alguna opinión profesional, pude situar mis preferencias y mantener los pies en la tierra.

Es muy importante dejarte aconsejar y escuchar a las personas que quieres en esos momentos trascendentales. Me di cuenta de que las condiciones y el planteamiento al que tenía que sujetarme si quería seguir adelante con esa oportunidad no eran para mí. Y aunque me costó decidir y poner punto y final a la situación, lo hice. Al principio sentía que estaba renunciando a mi sueño, pero eso no es así. Renuncié a esa oportunidad, lo cual no significa que no puedan existir otras. También entendí que no eran el momento ni las personas que debían acompañarme en ese proceso.

Y algo en mí se calmó. Toda aquella presión que había sentido en los últimos meses fue menguando y dejando entrar un sentimiento motivador y positivo que me animó a quedarme con lo que había aprendido durante la experiencia y a trabajar en los demás aspectos de mi vida que también necesitaban mi atención. A día de hoy, no puedo estar más convencida de que tomé la decisión acertada. No era mi camino en esta etapa. No cambiaria por nada del mundo todo lo que hice y todo lo que me ha sucedido luego. La vida también es renunciar a algunos caminos para dar paso a otros. ¡No hay mal que por bien no venga!

TENEMOS QUE SER CONSCIENTES DE QUE NO SIEMPRE SALDRÁN LAS COSAS COMO ESPERAMOS. PERO PODEMOS DISFRUTAR DEL PROCESO Y QUEDARNOS CON LOS APRENDIZAJES.

Lo más importante y especial que tiene manifestar es que lo puedes adaptar a tus necesidades y preferencias. Te he contado cuáles son mis formas más recurrentes, pero tú también puedes crear las tuyas, adaptar las mías o hacer una reinterpretación propia. Manifestar es algo libre y único, y su efecto también depende de lo que más funcione para uno mismo. En mi caso, por ejemplo, la escritura es la principal vía en todas mis formas, pero no tiene por qué ser la tuya. Prueba, investiga, descubre y elige. De todos modos, si es algo que todavía no has probado nunca, seguramente lo hayas hecho inconscientemente, así que te animo a que empieces a practicarlo de forma consciente para que el impacto sea mucho mayor. Me lo agradecerás.

222

222

Confía en que todo está ocurriendo tal y como debería.
Mantén tu visión, tus expectativas y proyecta en positivo.
Todo lo que proyectas está a tu alcance.

ATRAER

La manifestación funciona cuando realmente crees
en lo que quieres atraer,
¿cómo podría ocurrir algo si no piensas que
de verdad es para ti?
Conócete, escúchate, confía en tu instinto.

Cuando el amor propio escasea,
es muy difícil que tengas la confianza
de creer en tus propias aspiraciones,
en tus sueños,
en tus objetivos.

La manifestación es un proceso de autoconocimiento.
Para conocer tus virtudes,
tus defectos,
tus límites,
y para empujarte a ellos.

Es un reto para ti mismo,
y para demostrarte de todo lo que eres capaz.

222

Mantener la constancia

Manifestar es una práctica que requiere continuidad; para que realmente tenga un efecto significativo es necesario practicarla y mantenerla en tu rutina; es un proceso gradual. No es fácil habituarte a una práctica nueva que requiere consciencia y presencia, pero poco a poco puedes introducirla en tu día a día de forma que, sin darte cuenta, acabe siendo recurrente. Algunas de las formas de mantenerla son las siguientes:

- AGRADECE AL FINAL DEL DÍA. Dedica unos momentos de reflexión internos al final de tu día que te sirvan como desconexión. Haz una lista mental de aquellas cosas por las que has estado agradecido hoy. Hacerlo te invitará a tener el agradecimiento más presente y a ser más consciente de aquellas cosas que quieres agradecer o tener más en cuenta.
- TRATA DE MANIFESTAR FÍSICAMENTE. Escribir es una buena forma de acercar a la realidad esos pensamientos, pero también toma acciones reales, actúa para que todas esas cosas que te propones sucedan. Además de practicarla de forma mental y emocional, toma acciones concretas que te acerquen a tus metas. Escucha tu intuición y actúa cuando sientas una inspiración clara. Combina las distintas formas de manifestar para que la atracción sea más amplia y fuerte.

- MANTÉN UN SEGUIMIENTO DE TUS MANIFESTACIONES. Tener en mente cuáles son tus ideas y aspiraciones actuales y cumplirlas te animará a mantener constancia a la hora de manifestar. Comprométete contigo mismo a practicarla, incluso cuando no veas resultados inmediatos. Es necesario tener en cuenta que es un proceso gradual y requiere tiempo.

BULLET JOURNAL

Una de las herramientas más útiles para mantener este hábito es tener tu propio *bullet journal.* Es una especie de **diario que combina elementos de una agenda, de un diario personal y de una lista de cosas que hacer.** Se basa en la escritura de tu día a día, de tus pensamientos, tus cosas que hacer. Es muy personal y existen de muchos tipos, algunos se adaptan más a unas condiciones y otros a otras.

En este diario podrás escribir tus metas, tus sueños, tus vivencias..., se convertirán en recordatorios visuales y específicos que te ayudarán a mantener el enfoque. Puede que las proyectes a corto o largo plazo, depende de ti y de tus preferencias. También te permitirá tener un seguimiento de tus avances. Recorrerás las páginas recordando tus objetivos, proyectando los nuevos y plasmando tus logros. Es un espacio perfecto también para practicar la afirmación; escribe afirmaciones positivas en presente que refuercen tus intenciones y pensamientos en tu capacidad de manifestar.

Algo que está muy relacionado con esto, y de lo que hemos hablado en el capítulo anterior, es añadir una sección de gratitud. Puedes aprovechar el *bullet journal* para anotar frecuentemente las cosas que te hacen sentir agradecido, sean las que sean. Eso te ayudará mucho a mantener una actitud positiva y a enfocarte en el presente, lo cual es muy importante para la manifestación.

Por último, revísalo y actualízalo regularmente. Dedica tiempo a evaluar tu progreso y a ajustar tus metas si es necesario. Te será muy útil para aclarar tu enfoque y tus intenciones. Tal y como os he dicho, es algo muy personalizable, puedes adaptarlo siempre a tus necesidades y preferencias. El objetivo principal es usarlo como una herramienta de apoyo para manifestar y convertirlo en un hábito mediante la práctica y la consciencia.

Ideas para escribir en tu *bullet journal*:

- Escribe sobre algo bueno que haya pasado hoy.
- ¿Cómo te gustaría que fuera tu vida en cinco años?
- Describe tu trabajo soñado.
- ¿Qué cosas crees que te están impidiendo alcanzar tus objetivos?
- Describe cómo te sientes ahora mismo.
- Haz una lista de 10 cosas que te gustaría hacer, pero no te atreves.

CUESTIÓN DE PERSPECTIVA

Enfócate en aquellas cosas buenas,
En esos objetivos que sabes
que se convertirán en realidad.
Bloquea ese ruido que te distrae y te desvía.

Tu camino, no el de los demás.
Tus logros, no los de los demás.
Tú visión, no la de los demás.

Enfócate en las cosas bonitas que te ocurren,
usa el miedo, la inseguridad y la duda
como motor,
y el agradecimiento como herramienta.

Enfócate en la abundancia y en tu capacidad,
irradia positividad, evita la comparación
y cree en ti.

222

Guía de consejos prácticos

A continuación, os dejo una breve lista de consejos para tener en cuenta a la hora de manifestar:

Sí deberías...

1. Ser claro con tus metas y objetivos. Defínelas de forma específica.
2. Visualizar. Visualiza con detalle y emoción tus metas, aquellas que has cumplido y las que todavía no se han hecho realidad.
3. Enfocar la manifestación a través de las emociones positivas.
4. Trabajar en tu confianza. Cree en ti mismo y mantén una creencia sólida en tus capacidades.
5. Tomar acciones alineadas con tus metas y las oportunidades que se presenten.
6. Ser persistente. No te rindas fácilmente, aunque la vida te ponga a prueba.
7. Agradecer. Cultiva la gratitud por lo que ya tienes y por aquello que proyectas.
8. Confiar en el proceso.
9. Cuidar de ti mismo. Cuida tu cuerpo y tu mente, cultiva un estado de bienestar general.
10. Agradece los resultados y celebra tus logros.

No deberías…

1. Enfocarlo negativamente y dudar de tus capacidades. Hacerlo te autosabotea.
2. Fijarte demasiado en lo que te falta y no en lo que tienes.
3. Tener unas expectativas fijas. No te aferres a cómo debe llegar eso que tanto quieres, hay muchas formas de conseguir tus objetivos y a veces tomarán distintos caminos y formas.
4. Obsesionarte. Evita obsesionarte demasiado con tus metas, permite que pasen en el momento adecuado.
5. Impacientarte si los resultados no son inmediatos.
6. Compararte con los demás. Cada persona tiene su propio camino y sus tiempos.
7. Fijarte demasiado en el pasado. Evita aferrarte a las experiencias pasadas, sobre todo las negativas. Deja espacio para las nuevas oportunidades.
8. Resistirte al cambio. No te cierres a los cambios que se presentan, pueden ser oportunidades.
9. No actuar. No te quedes solo en la visualización y las intenciones; acércate a tus metas mediante acciones reales.
10. Desesperarte. Evita caer en la desesperación; mantén la confianza en que el proceso valdrá la pena.

¡Descubre más en mi podcast *There She Is*!

CAPÍTULO 9

thankful

EN EL CAPÍTULO ANTERIOR os he mencionado el agradecimiento en varias ocasiones. **Agradecer también es atraer** y la manifestación y la ley de la atracción están muy relacionadas con ello. Estar constantemente en un estado de agradecimiento te mantiene en una energía positiva que atrae lo bueno y a medida que han pasado los años he sido más consciente de ello. Siento que las cosas buenas que te ocurren en la vida muchas veces están vinculadas con cómo te las tomas y tu forma de afrontarlas.

Las personas damos por sentadas tantas cosas… Ignoramos que el simple hecho de estar vivos y rodearnos de personas que nos quieren es una suerte única. La rutina, las preocupaciones cotidianas, nos alejan sin querer de sentirnos agradecidos, olvidando los pequeños detalles que nos dan sentido. A veces la presión puede conmigo y me olvido de lo mucho que me gusta mi vida, las personas que forman parte de ella, disfrutar de un ratito sola o leer un buen libro. A lo largo de mi vida, he aprendido que la gratitud es mucho más que un sentimiento, es una forma de ver las cosas que, cuando se integra en uno mismo, puede transformar tu perspectiva y enriquecerte inmensamente. Agradecer te convierte en una persona consciente y presente. Te recuerda lo muy importante que es tener gratitud en el presente y consigue mantener en tu mente aquellas cosas que realmente importan más allá de las banalidades en que la sociedad nos hace pensar de manera constante.

Mi tatuaje «*thankful*» gira en torno a este sentimiento; es un recordatorio de lo agradecida que estoy con mi vida y de lo mucho que significa para mí la gratitud en mi día a día. Os invito a escribir una lista de razones cotidianas que a veces, sin querer, ignoráis y en realidad son grandes motivos por los que os sentís agradecidos. Espero que os haga reflexionar y tener más en cuenta los detalles de vuestro presente que os convierten en personas afortunadas y llenas de razones para sentir gratitud.

Me siento agradecida por…

- Mi familia, por poder verlos y disfrutar de ellos
- Mi salud
- Tener la oportunidad de viajar
- Sentirme bien conmigo misma y confiar en mí
- Poder formarme y educarme
- Poder tener sueños y aspiraciones

Me siento ______________________
agradecido/a por…

....

....

....

....

Agradecer

Ser agradecido es como llevar puestas unas gafas que enfocan tu atención en lo que verdaderamente importa. Viendo a través de ellas, eres consciente de que **la vida está llena de motivos para sentirse agradecido** y están mucho más cerca de ti de lo que creías. El agradecimiento va más allá de un simple gesto, nos conecta con lo esencial de nuestra existencia y nos ayuda a detenernos para valorar las pequeñas cosas, tal y como os contaba en el capítulo de los detalles. Encontrar ese valor en lo cotidiano te convierte en alguien más consciente y positivo; transforma completamente la forma en la que te relacionas con todo lo que te rodea.

El agradecimiento no solo nos permite apreciar, sino también transformar. Cuando uno está viviendo un mal momento, por ejemplo, sentimientos como la tristeza, la frustración y la rabia nos invaden, nublan nuestros pensamientos. Sin embargo, si el agradecimiento forma parte de ti, puede ser una muy buena herramienta para calmar esa tormenta interna. Por ejemplo, una vez una asignatura en la universidad se me atragantó mucho, no lograba conectar con el profesor y no entendía nada de lo que explicaba. El día que me tocaba esa asignatura me levantaba triste y molesta, lo que hacía que llevara la situación aún peor. Un día decidí que se acababa, no podía seguir así, no podía dejar que esas sensaciones me dominaran. Pensé en las cosas buenas que tenía; levantarme por las mañanas y ver a mi familia, el camino a clase escuchando música, encontrarme con mis amigas... y poco a poco pude centrarme más en todas estas cosas positivas. ¡Dejar que la frustración te controle o no está en tus manos!

Encontrar la gratitud en la adversidad implica **adoptar una perspectiva distinta,** dejar de aferrarse al sufrimiento y transformarlo para aprender de él. El dolor y el sufrimiento dejan en nosotros lecciones tan valiosas como las que dejan las emociones positivas; una vez ya hemos experimentado el duelo, vivir las dificultades desde la gratitud nos permite aprender de ellas y quedarnos con el lado más significativo de la experiencia. Agradecer los duelos y las experiencias negativas no significa ignorarlas o sentirse bien por ellas, sino fijar la atención en las soluciones y en aprender las lecciones que nos aporta cada experiencia. A veces tenemos experiencias tan dolorosas que nos parece imposible que puedan aportarnos algo bueno. Pero, aunque parezca mentira, todas las experiencias nos brindan aprendizajes positivos si sabemos verlos. Con las rupturas y las decepciones funciona distinto; primero necesitas pasar una especie de duelo. Cuando eres consciente de que eso te ha ocurrido puedes experimentar rabia, tristeza, rencor, y un sinfín de emociones dolorosas. Poco a poco vas llegando a la aceptación, a asimilar que es cierto y forma parte de tu historia. Es ahí donde tienes el poder de decidir cómo va a figurar esa experiencia en tu vida; como un aprendizaje positivo o como algo que no te permite avanzar. **El proceso es complicado, pero siempre vale la pena.**

Si tenemos una actitud más positiva con nosotros mismos, seremos capaces de gestionar los problemas de una forma más calmada y podremos identificar aquellos sentimientos que al final solo sirven como obstáculos en nuestro camino. El rencor, por ejemplo, puede ser un veneno a la hora de resolver conflictos con los demás. No tenemos por qué perdonar de forma inmediata, hay heridas que tardan un tiempo en cerrarse; pero si piensas constantemente en lo que te hicieron, solo conseguirás obsesionarte con ello e impedir tu crecimiento personal. Deja atrás el rencor y permítete sanar en paz. Algo similar sucede con el orgullo. Aunque es muy buena señal tener una buena percepción de uno mismo, a veces hay que reconocer que no somos perfectos, que todos cometemos errores. Sin embargo, si llevamos el orgullo a un extremo, puede que nos impida aprender ciertas lecciones muy necesarias para nuestra evolución personal. Mantén tu orgullo a raya y no permitas que te bloquee el camino hacia esa versión de ti que te mereces.

Sin duda la gratitud me ha ayudado a convertirme en alguien más consciente, a apreciar todo aquello que a veces doy por sentado y a **tener más presente cuáles son los aspectos importantes de mi vida,** alejándome de las superficialidades. Es una forma de mantener mis pies en la tierra y de reforzar el contacto con todo aquello que de verdad significa para mí.

Te sugiero que utilices este ejercicio para ayudarte a desarrollar un hábito de gratitud en tu día a día. ¡Podría ser una sección recurrente para un *bullet journal*!

GRATITUD DIARIA

1. Algo que hoy te hizo feliz

....

....

....

2. Alguien por quien te sentiste afortunado de tener en tu vida

....

....

....

3. Algo que agradeces de ti mismo

....

....

....

....

THERE IS ALWAYS SOMETHING TO BE GRATEFUL FOR

A MEDIO CAMINO

Qué bonito es,
aprender a agradecer,
por las cosas pequeñitas,
las más normales y corrientes.

Encontrar la paz justo donde estás,
incluso ahora,
en medio del camino,
hacia encontrarte.

Agradecer aquello que no te hizo bien

Parece irónico querer aprender y agradecer algo que nos ha hecho daño, ¿no? Tal y como hemos mencionado, **las experiencias negativas también forman parte de nuestra vida y de nuestro aprendizaje.** Todos hemos vivido un mal momento; una ruptura, una pérdida, una mala noticia, un error, un fracaso... No sé si os pasa, pero durante mucho tiempo he relacionado el agradecimiento únicamente con la prosperidad, la alegría y las cosas buenas.

Sin embargo, con el paso de los años, he sido consciente de la gran importancia que tiene cómo aprendemos de las malas experiencias que enfrentamos en la vida. Detrás de ese dolor existe un gran aprendizaje y crecimiento personal que nos marca y nos guía hacia convertirnos en quien somos. Si te sientes perdido, tranquilo. Yo también me pregunté desesperadamente cómo era posible que algo así me ofreciera lecciones valiosas y pudiera usarlas a mi favor. Espero aportarte algo de claridad con mi experiencia.

Dolor, desconcierto y frustración. Entre muchas otras emociones, las rupturas nos hunden en un mar de sentimientos confusos y de dudas. Eso que significaba tanto para ti, que habías cuidado con todas tus fuerzas, de pronto termina. En ocasiones a contracorriente y en otras por nuestro propio bien. Cuando pienso en mi yo de corazón roto me veo en una playa solitaria, andando sin rumbo. En el mar, todas mis lágrimas. En la arena, todos los recuerdos que mis huellas trazan, borrándose a cada paso detrás de mí. **Dejar atrás una etapa a veces nos rompe con tanta intensidad que nos hace olvidar que estamos a punto de empezar otra que valdrá mucho más la pena.** Conocerás a un nuevo tú que está esperándote con ganas, y tendréis en común todo lo que habéis aprendido de esa ruptura, sobre los demás y sobre vosotros mismos. Tendréis mucho más claras vuestras necesidades a partir de ahora y las decisiones que queréis tomar.

Te descubrirás a ti mismo de nuevo y eso es una oportunidad muy digna de agradecer. Una ruptura puede brindarte cierre y liberación de algo que no estaba haciéndote bien. Soltar la carga emocional, abrirte al futuro. Reflexionar sobre tus metas y tus prioridades te aporta un espacio para conocerte de nuevo, para conocer quién eres después de esa relación. **Agradecer todo esto, nunca será minimizar el dolor.** Probablemente este te acompañe, a veces más de cerca y otras más de lejos. El agradecimiento solo es una forma de encontrar sentido y crecimiento en esa ruptura y te ayudará a avanzar cada día un poco más.

Ya no está. Y lo quisiste mucho, y te regaló muchas experiencias de su mano, pero se fue. Agradecer lo que te dio es parte del proceso de sanación. Todo el tiempo que pasasteis juntos, los recuerdos y los momentos especiales. Todo lo que te enseñó, el amor y los valores que dejó dentro de ti. Acepta tu frustración, acepta tu dolor, pero agradece todo lo que has aprendido durante el proceso. Ahora te entiendes más, te escuchas más y te conoces más en esta faceta de ti. Agradece quien estuvo a tu lado y tuvo paciencia con tus idas y venidas. Quien te escuchó, te abrazó y te tendió la mano. Tómate tu tiempo, experimenta tu proceso y **encuéntrate de nuevo,** llevando una parte suya ahora contigo.

En definitiva, agradecer los aprendizajes y lecciones que nos aportan los malos momentos nos convierte en quien somos.

A veces tengo la sensación de que dice mucho más de nosotros cómo vivimos los malos momentos que los felices. También es importante, evidentemente, cuidar nuestras emociones positivas y permitirnos sentirlas, pero aprender de las negativas nos hará fuertes y nos preparará todavía más para todo lo bueno. Recordad que **siempre hay calma después de la tormenta,** que no tenéis por qué afrontar una mala situación solos y no tengáis miedo de comunicar vuestras necesidades e ir en busca de ayuda. Sed valientes y pacientes con vosotros.

Os animo

a escribir sobre la última situación frustrante que hayáis vivido. Describidla y explicad lo que habéis aprendido, lo bueno y lo malo. Como conclusión, dejad un mensaje en forma de consejo para vuestro yo del futuro, por si vuelve a atravesar una situación así. Si en algún momento lo necesitáis, volved a esta página y recordad vuestro consejo.

CONCLUSIÓN:

¿Cómo hablas contigo?

Tener un buen discurso interno está muy relacionado con el agradecimiento hacia uno mismo. Todos tenemos una vocecita dentro, aquella que viene a conversar con nosotros en los mejores y los peores momentos. Es lo que muchos llaman discurso interno; una conversación en nuestra mente que a veces es crítica, negativa y autoexigente. A veces caemos en el error de cuestionarnos demasiado, exigirnos demasiado y de no confiar en nosotros mismos. Entonces, esa voz interna se vuelve un obstáculo en el camino. En cambio, cuando este discurso se transforma, también lo hace nuestra realidad. Por ejemplo, si tenemos la costumbre de reprocharnos mucho cada error que cometemos, le damos mil vueltas y nos echamos toda la culpa, conseguiremos que nuestra confianza y nuestro amor propio sufran. Si es algo que hacemos muy a menudo, se puede convertir en un hábito y afectarnos en muchos aspectos de nuestra vida. Sin embargo, si empezamos a tener un discurso interno más agradable, si empezamos a hablarnos como haríamos con nuestra mejor amiga en vez de con nuestro peor enemigo, notarás que las cosas empiezan a cambiar. Cuando cometas un error podrás entenderlo como algo que nos pasa a todos, somos humanos; entenderás que no pasa nada, de los errores se aprende, no eres una persona horrible por cometer un error. Los pequeños cambios de tu discurso interno pueden suponer una gran mejora para tu relación contigo mismo.

Tener una vida plena implica también sentir satisfacción y apoyo que proviene de nosotros mismos. No solo se trata de estar bien acompañados y de rodearnos de buenas personas, de cosas materiales..., sino de estar en paz con nosotros mismos.

¿Sientes paz? ¿Estás orgulloso de quién eres? ¿Eres tu propio lugar seguro?

Asegúrate de que tu voz interna responde con honestidad estas preguntas. Y si la respuesta no te gusta haz lo que esté en tu mano para transformarla. **Tu voz interior es un reflejo de ti, de lo que eres, lo que sientes, lo que piensas.** Cuidarla es crucial para mantener una buena autoestima y percepción de ti mismo. Si la conviertes en tu aliada y la escuchas con atención, puede ayudarte como nadie. Por el contrario, si el discurso que tiene es negativo y tóxico, puede hundirte y distorsionar tu visión sobre ti. Tú decides cómo usarla y cuándo escucharla o ignorarla.

- El primer paso para mejorar esa vocecita es TENER CONSCIENCIA SOBRE LAS COSAS QUE DICE. Dicho de otra forma, ser consciente de los pensamientos que cruzan tu mente. Presta atención a cómo te hablas y como reaccionas ante diferentes situaciones.

- **ENFÓCATE EN EL LADO BUENO DE LAS COSAS.** Guía esa voz interna para que agradezca todo aquello que tienes en vez de centrarse en lo que no. Mantén una perspectiva positiva y aleja la envidia.

- **EVITA AUTOCRITICARTE DEMASIADO.** Todos nos equivocamos, pero hay que evitar ser muy duros con nosotros mismos. Reconoce tus errores y perdónate por ellos. Aprende y crece.

- **TRÁTATE COMO TRATARÍAS A UN AMIGO TUYO.** Sé amable y paciente contigo mismo.

- **TRATA DE TENER PRESENTES TUS OBJETIVOS EN TU DISCURSO.** Una voz interna ambiciosa es un buen acompañante siempre, aunque uno no consiga todo lo que se propone. Mantener una visualización positiva de tus objetivos y visualizarte superando obstáculos y logrando tus metas fortalece tu confianza y tu motivación.

- **IDENTIFICA LOS PATRONES DE PENSAMIENTOS NEGATIVOS.** Con algunos temas concretos suelen repetirse, por ejemplo, con la apariencia física, las opiniones de los demás, las relaciones... Pregúntate si esos pensamientos son realistas y te ayudan a avanzar o no.

- **ACEPTA LOS FRACASOS COMO PARTE DEL PROCESO.** Tómatelos como oportunidades de aprender, ten paciencia contigo durante todo el proceso.

Poco a poco vas a convertirte en una mejor versión de ti que integre todos esos pensamientos en su rutina y entonces volverás a preguntarte eso que al principio te he mencionado: si sientes paz, si estás orgulloso de quién eres y si eres un lugar seguro para ti y la respuesta será muy distinta. **En nosotros está la oportunidad de ser nuestro mejor aliado** y es una ventaja muy preciada que no podemos perder.

Utiliza estas líneas

para responder con sinceridad a las preguntas que te sugería más arriba: ¿sientes paz?, ¿estás orgulloso de quién eres?, ¿eres tu propio lugar seguro? Reflexiona sobre tus respuestas, tal vez, tengas que hacer algún cambio en tu discurso interno.

CUERPO Y ALMA

Querida yo,
perdóname por las cosas que te dije,
siempre has estado ahí,
protegiéndome y cuidando de mí.

Siento todas las veces que te he juzgado,
siempre he intentado cambiarte,
en vez de entenderte y respetarte.

Siento todo el dolor que te hice pasar,
a pesar de que tú siempre has querido que estuviera feliz y sana.

Querida yo,
gracias por tener paciencia conmigo,
incluso cuando no me quedaban fuerzas.

Gracias por quererme cuando no te quise suficiente,
y te prometo que nuestro camino a partir de ahora va a ser distinto.

No quiero andar más en otra dirección.
Sé que sola llegaría más rápido,
pero juntas llegaremos más lejos.

Ventajas de ser agradecido

Ser alguien agradecido es mucho más que una simple etiqueta. **Es una actitud que se trabaja**, se entrena y trae muchísimas ventajas y beneficios, tanto para nosotros, como para quienes nos rodean. Es una cualidad muy vinculada con el bienestar emocional; es mucho más fácil sentirte feliz, lleno y satisfecho cuando estás agradeciendo. Esto se deriva en un equilibrio emocional mucho más sólido en nuestras vidas. Agradecer lo que tienes en vez de centrarte en lo que te falta, tu visión cambia y eso impacta directamente en ti y en cómo te sientes.

Además de fortalecer ese equilibrio contigo mismo, las relaciones de las personas agradecidas son más fuertes. Mostrar agradecimiento, aprecio y reconocimiento a nuestros seres queridos genera confianza y afecto, favoreciendo también la reciprocidad. No hay nada mejor que sentirte agradecido de la gente que te rodea y percibir que ellos también agradecen tener una persona como tú cerca. Procura recordar a las personas que quieres todo aquello que les agradeces.

Agradecer, tal y como he mencionado antes, también **te hace más optimista y resistente ante las dificultades.** Nos permite encontrar el lado bueno en las situaciones más complicadas y afrontar los problemas con actitud positiva y constructiva. También consigue alejarte del rencor y del orgullo, dos emociones que, en realidad, no nos aportan nada. Aprendes a perdonar a esa persona que te ha hecho daño, alejándola de tu vida si es necesario y agradeciendo las lecciones que ha dejado en ti.

Uno de los puntos en los que también puede ayudarte a mejorar es en la **autoestima.** Agradecer tus cualidades, tus logros, tus experiencias, tus virtudes y tus defectos. Es una buena forma de ser honesto con uno mismo y reconocer lo que somos y tenemos.

Además de sentirte mejor contigo mismo y mejorar las relaciones de tu entorno, tu **salud mental** también incrementa. Evitas compararte con los demás porque agradeces lo que tienes, liberándote de esa sensación constante de insatisfacción. Vives más contento, disfrutas más del presente y cultivas una mente más serena.

LA GRATITUD ES UN CAMINO QUE SIN DUDA APORTA CRECIMIENTO Y TRANSFORMACIÓN PERSONAL.

Cambia tu forma de ser, de pensar, de reaccionar, de aprender. Te impulsa a **ser más comprensivo contigo mismo** y crea un efecto positivo en tu vida y en la de aquellas personas que te rodean.

Fecha ...../...../.....

HOY AGRADEZCO...

....

....

FRASES DEL DÍA

1 ....

2 ....

3 ....

MOMENTOS FAVORITOS DEL DÍA

1 ....

2 ....

3 ....

AFIRMACIONES DE HOY: SOY...

....

....

....

TRES APRENDIZAJES DE HOY

1 ....

2 ....

3 ....

COSAS QUE ESPERO DE MI YO DE MAÑANA

1 ....

2 ....

3 ....

CANCIÓN DEL DÍA

....

....

Agradecimientos

Nunca he sido muy fan de las despedidas y precisamente por eso quiero remarcar que el final de este libro no es un final, sino un comienzo. Siento que soy una persona nueva después de haberte contado todo esto y espero que tú también. Que pudiéramos evolucionar juntos fue uno de los propósitos principales que tuve cuando decidí cómo sería mi libro. Espero, también, que te conozcas más, que me conozcas más. Que entiendas por qué todos y cada uno de los aspectos sobre los que he escrito en estas páginas son tan importantes para mí. Ojalá hayas compartido conmigo los momentos de reflexión, alegría, intensidad, tristeza, melancolía y muchas otras emociones que experimenté mientras escribía. Si tuviera que darte un consejo con la mano en el corazón, te diría que la vida es muy corta para no expresarse. Escribe, habla y cuenta cómo te sientes sin miedo. Tu opinión y tu voz importan a los demás, pero, sobre todo, deberían importarte a ti. Trátate con amabilidad, ten paciencia contigo mismo y recurre a mis palabras si alguna vez lo necesitas, porque no estás solo.

Gracias por tu apoyo sincero y desinteresado, y por haber confiado en este libro. Quiero que sepas que tiene un trabajo inmenso detrás y que ha sido un viaje precioso escribirlo para mí y para ti. Ojalá te apetezca compartir conmigo cómo te sientes después de haberlo leído al igual que yo hago contigo ahora, porque será un placer saber lo que piensas y cómo te sientes. Recuerda que tú y yo tenemos nuestra propia historia y nos merecemos disfrutarla, aprender de ella y contarla tal y como es. ¡Gracias una vez más por todo el cariño!

Gracias por tu apoyo sincero y desinteresado, y por haber confiado en este libro. Quiero que sepas que tiene un trabajo inmenso detrás y que ha sido un viaje precioso escribirlo para mí y para ti. Ojalá te apetezca compartir conmigo cómo te sientes después de haberlo leído al igual que yo hago contigo ahora, porque será un placer saber lo que piensas y cómo te sientes. Recuerda que tú y yo tenemos nuestra propia historia y nos merecemos disfrutarla, aprender de ella y contarla tal y como es. ¡Gracias una vez más por todo el cariño!